L'École des princesses

Belle sort ses griffes

L'École des princesses

Belle sort ses griffes

Jane B. Mason ❧ Sarah Hines Stephens

Texte français d'Isabelle Allard

Éditions SCHOLASTIC

Catalogage avant publication de Bibliothèque
et Archives Canada

Mason, Jane B.
Belle sort ses griffes / Jane B. Mason et Sarah
Hines Stephens; texte français d'Isabelle Allard.

(L'École des princesses)
Traduction de : Beauty is a Beast.
Pour les jeunes de 8 à 11 ans.
ISBN 0-439-94818-5

I. Hines-Stephens, Sarah II. Allard, Isabelle
III. Titre. IV. Collection.

PZ23.M378Be 2005 j813'.54 C2005-902556-5

Édition publiée par les Éditions Scholastic,
175 Hillmount Road, Markham (Ontario) L6C 1Z7.

5 4 3 2 1   Imprimé au Canada   05 06 07 08

Pour Nora et Violet,
nos princesses en herbe

— J.B.M. et S.H.S.

Chapitre Un
Une cage dorée

Rose Églantine contemple le feu de bois qui crépite dans l'énorme cheminée de la salle de classe. Les flammes qui dansent réchauffent la vaste pièce. Cette flambée serait réconfortante si ce n'était la grande femme qui fait les cent pas sans mot dire devant la cheminée. Comme à son habitude, Mme Garabaldi en impose par sa seule présence.

La professeure marche de long en large dans un tourbillon de jupes, ne s'arrêtant que pour jeter un regard perçant sur la classe. Les Chemises (les élèves de première année à l'École des princesses) sont assises le dos bien droit dans leurs fauteuils à haut dossier. Mme Garabaldi semble jauger les princesses novices, et nulle n'ose voûter le dos, se gratter ou chuchoter. Rose sent la tension s'accroître avec chaque va-et-vient de la professeure. Normalement, cette dernière fait les proclamations officielles immédiatement après l'appel, mais aujourd'hui, quelque chose est différent. Leur professeure a l'air encore plus sévère que d'habitude.

À son septième passage, Mme Garabaldi se décide enfin à prendre la parole :

— Le temps est venu de vous préparer sérieusement aux examens royaux de mi-trimestre qui auront lieu la semaine prochaine. Les résultats de ces examens constitueront vos premières notes officielles à l'École des princesses et marqueront le début de votre carrière scolaire royale. Surtout, ne sous-estimez pas leur importance. Ils influenceront votre avenir à l'École des princesses et même par la suite.

C'est tout? Rose sent ses épaules se relâcher. Les notes et les examens ne sont pas une raison pour avoir la tête à l'envers. Rassurée, elle regarde ses amies, Cendrillon Lebrun, Blanche Neige et Raiponce Roquette, s'attendant à ce qu'elles lui renvoient son sourire. Toutefois, les trois jeunes filles n'ont pas l'air soulagées. Blanche, pâle comme toujours, frissonne légèrement. Cendrillon est presque aussi pâle que Blanche et ouvre de grands yeux. Même l'imperturbable Raiponce semble nerveuse et mâchonne le bout de sa tresse ridiculement longue. Elles ne quittent pas la professeure des yeux.

— Je suis certaine que vous pensez déjà à la partie la plus difficile des examens royaux, poursuit Mme Garabaldi, qui a cessé son va-et-vient et s'avance lentement parmi les élèves. L'examen oral sur les princesses d'hier et d'aujourd'hui sera éprouvant pour certaines d'entre vous. Il s'agira de votre première expérience d'art oratoire et les questions risquent d'être ardues. Par contre, pour quelques élèves, ce sera une

2

simple bagatelle, ajoute-t-elle plus doucement en s'arrêtant devant le pupitre de Rose.

La jeune fille sent le regard que la professeure a posé sur elle, tout comme celui de la moitié de ses camarades. Elle lève le menton, mais garde les yeux baissés. C'est ainsi qu'une princesse manifeste à la fois fierté et humilité.

Rose sait que Mme Garabaldi a raison. Les examens ne lui poseront guère de problèmes. Peu après sa naissance, sept fées lui ont accordé les dons d'esprit, de grâce et d'intelligence, entre autres. Rose a toujours été douée pour... eh bien, pour tout!

Les autres élèves ne partagent pas sa confiance. Des chuchotements angoissés se sont élevés aussitôt que la professeure a prononcé les mots « examen oral ». Dans le silence qui suit, plusieurs Chemises ne peuvent pas s'empêcher de se tortiller de façon peu flatteuse. Les princesses sont souverainement inquiètes!

Rose essaie encore d'attirer l'attention de ses amies. Tout à coup, les trompettes résonnent pour annoncer la fin du cours. La jeune fille se lève et rassemble ses livres, comme le reste de ses camarades. Mais Mme Garabaldi lève la main, la paume face à la classe, et les élèves se rassoient.

— À partir de maintenant, je m'attends à ce que vous consacriez le plus de temps possible à vos études, déclare la professeure. Ne prenez pas ces examens à la légère. Vos notes seront inscrites de façon permanente dans votre dossier royal.

Mme Garabaldi baisse la main et donne congé aux princesses.

Les jeunes filles se hâtent le long du vaste couloir de marbre, vers les malles tapissées de velours où elles rangent leurs parchemins et leurs livres. Elles ont peu de temps avant le prochain cours, car Mme Garabaldi les a gardées en classe après la sonnerie. En se frayant un chemin dans la foule pour retrouver ses amies, Rose entend les élèves discuter des examens.

— Si tu échoues, est-ce qu'on te renvoie de l'école? demande une jeune fille.

— Je ne sais pas, répond une autre. J'ai entendu dire qu'une élève qui obtient une mauvaise note ne sera jamais couronnée. Celles qui échouent sont transférées à une école pour dames d'honneur!

Plusieurs Chemises ont une exclamation horrifiée. Rose porte une main à sa bouche pour dissimuler son sourire. Elle sait fort bien que ce n'est pas vrai, puisque sa propre mère a échoué à plus d'un examen lors de ses études à l'École des princesses, ce qui ne l'a pas empêchée de devenir reine! Rose sait que ses camarades s'inquiètent d'un rien, mais elle sait aussi qu'elles sont intelligentes et ont tout le temps voulu pour se préparer. Elles n'ont aucune raison de s'en faire.

Rose cherche ses amies des yeux. Elle est certaine qu'elles sont moins anxieuses que les autres Chemises. Cependant, quand elle aperçoit Blanche et Cendrillon, elle constate qu'elles ont toutes deux la tête baissée et que Cendrillon semble inquiète.

4

L'air tendu, Raiponce fait signe à Rose de les rejoindre.

— Écoute ça, dit-elle en désignant Cendrillon de la tête.

— Elle me l'a annoncé l'autre soir, pendant le souper, balbutie Cendrillon, les yeux humides.

— Peut-être qu'elle blaguait? suggère Blanche d'un ton plein d'espoir.

— Ma belle-mère ne blague jamais, répond tristement Cendrillon.

Rose jette un regard interrogateur à Raiponce, qui secoue la tête et doit aussitôt retenir de la main ses cheveux empilés.

— C'est cette méchante Kastrid, explique Raiponce. Elle veut que Cendrillon veille à ce que ses chipies de demi-sœurs réussissent leurs examens. Si ces deux vipères à la tête vide obtiennent de mauvaises notes, Kastrid en blâmera Cendrillon.

— Mais Javotte et Anastasie sont des Crinolines de troisième année! s'exclame Rose.

— Je ne sais pas comment je trouverai le temps de les aider et d'étudier pour mes propres examens, gémit Cendrillon en clignant des yeux. Tout le monde dit que les examens sont très difficiles!

— Souverainement difficiles, renchérit Blanche.

Raiponce hoche la tête pour manifester son accord.

Rose se sent soudain coupable de ne pas avoir compris à quel point ses amies appréhendaient les examens... et de n'avoir ressenti elle-même aucune inquiétude. Après tout, les dons qu'elle a reçus à sa naissance étaient peut-être une bonne chose.

Entourant les épaules de Cendrillon de son bras, Rose cherche les mots qui sauront la réconforter.

— Ne t'en fais pas, dit-elle enfin, tu peux les réussir même s'ils sont souverainement difficiles. Tu peux tout faire. Tu es la fille la plus vaillante que je connaisse.

Cendrillon n'a pas l'air convaincue.

— C'est facile à dire, rétorque Raiponce avec un regard très sceptique. Les examens ne seront pas souverainement difficiles pour *toi*, n'est-ce pas?

Rose fait la grimace. Raiponce a raison : elle n'a pas à s'inquiéter des examens comme les autres Chemises. Cela ne veut pas dire que sa compassion pour Cendrillon n'est pas sincère, au contraire. Elle ouvre la bouche, mais avant qu'elle puisse proférer une parole, trois coups de trompette retentissent dans le couloir.

— Oh! s'écrie Blanche en saisissant la main de Rose et en l'entraînant vers le cours de couture. Vite, nous allons être en retard!

Lorsque les quatre amies entrent précipitamment dans la pièce, Rose sent le regard des autres élèves peser sur elle. Plusieurs la fixent avec admiration. Rose sent son ventre se serrer.

« Ce n'est pas moi qu'elles admirent, se dit-elle, mais les dons des fées. »

Tout en gagnant sa place sous les yeux de ses camarades, elle ressent l'étreinte de leur admiration et de leurs attentes. Elle a l'impression d'étouffer, d'être enfermée dans une cage dorée. Soudain, Rose souhaite plus que jamais pouvoir s'en échapper.

Chapitre Deux
Un beau gâchis

L'aiguille de Rose perce rapidement la mousseline tendue tandis que ses pensées défilent à toute vitesse dans sa tête. Elle est heureuse de pouvoir continuer son ouvrage sans devoir y prêter trop attention. Tout ce qui la préoccupe, ce sont les émotions confuses qu'elle éprouve depuis quelque temps. Ses réflexions sont interrompues par des bruits étouffés de conversation derrière elle.

— Il paraît que les examens sont vraiment difficiles! gémit une voix haut perchée. Ah! j'aimerais tellement que nos servantes puissent les passer à notre place!

— Ils ne sont pas difficiles pour tout le monde, fait une autre voix, si douce que Rose a du mal à l'entendre. Je parie que pour Belle, ce sera un jeu d'enfant!

Rose grimace en entendant son surnom. Est-ce que tout le monde pense que les dons qu'elle possède lui évitent tous les problèmes ? Qu'elle n'a aucune crainte ni émotion? On a beau dire, ce n'est pas toujours agréable d'être « parfaite »! Rose doit constamment être à la hauteur des attentes des autres. Et qu'en est-il de ses désirs à *elle*?

Contrariée, Rose enfonce accidentellement son aiguille à un mauvais endroit du tissu. « Vous voyez que je ne suis pas parfaite, se dit-elle en défaisant sa couture avec un grognement. J'ai gâché ma tapisserie! » Elle est en train de contempler son ouvrage bâclé quand soudain, une idée qui lui trottait dans la tête devient aussi limpide que l'eau d'un puits à souhaits.

Au lieu de réparer le point raté, elle enfonce son aiguille au mauvais endroit à quelques reprises. Les gens veulent de la perfection? Eh bien, peut-être que s'ils ne savent plus à quoi s'attendre de sa part, ils n'auront plus autant d'attentes!

Rose fait des points de plus en plus éloignés et de moins en moins soignés. Elle choisit des couleurs criardes et les entrecroise de façon désordonnée. Elle tire des fils, fait des nœuds, puis tient son tambour à bout de bras pour admirer le résultat. Elle étouffe un petit rire. C'est vraiment hideux!

— Très bien, mesdemoiselles, dit Mme Taffetas de son bureau, en frappant ses mains fines l'une contre l'autre à trois reprises. Il est temps d'admirer vos œuvres. Veuillez suspendre vos tambours devant les fenêtres pour que la lumière naturelle en rehausse la beauté.

Rose jette un coup d'œil sur sa création et se sent soudain coupable. Elle a délibérément gâché son travail. Que vont penser sa professeure, ses parents et ses fées?

Elle pince les lèvres avec détermination. Et ce qu'elle

pense, *elle*, ne compte donc pas? Pourquoi devrait-elle toujours agir en tenant compte de l'opinion des autres? Son sentiment de culpabilité s'évanouit aussi vite qu'il est apparu. Une nouvelle émotion s'installe, le sentiment enivrant de faire elle-même ses propres choix.

Rose se dirige d'un pas léger vers l'avant de la pièce et suspend son ouvrage devant une fenêtre baignée de soleil. Elle sait que personne ne pourra admirer son travail. Il n'est ni délicat ni joli. Et loin d'être parfait!

Les élèves reprennent toutes leurs places pendant que Mme Taffetas examine leurs créations.

— Très joli, Arielle. S'il vous plaît, faites de plus petits points, Raiponce. Le choix des couleurs est très réussi, Cendrillon. Et... Oh!

L'enseignante s'arrête net. Bouche bée, elle fixe l'ouvrage de Rose.

La jeune fille se mord la lèvre, attendant que la professeure pousse un cri d'horreur. Cependant, Mme Taffetas ne dit rien, immobile devant la tapisserie.

— Rose, est-ce bien votre ouvrage? finit-elle par demander.

— Oui, madame, répond fièrement Rose.

— C'est... c'est... dit la professeure, qui ne trouve pas ses mots.

Quelques Chemises curieuses viennent jeter un coup d'œil par-dessus l'épaule de l'enseignante. Pendant qu'elles ouvrent la bouche d'un air ébahi, Raiponce se tourne vers Rose en articulant silencieusement : « Oh là là! »

— C'est vraiment... remarquable! s'exclame enfin Mme Taffetas, faisant sursauter plusieurs jeunes filles. C'est absolument magnifique! Tout à fait d'avant-garde!

La professeure se retourne et adresse un sourire béat à Rose.

— J'adore ça, dit Arielle, une petite Chemise aux longs cheveux roux. Ça me rappelle l'océan.

Plusieurs autres élèves hochent la tête pour manifester leur accord. Une seconde plus tard, on n'entend que des éloges au sujet de l'ouvrage de Rose. Seules Cendrillon, Blanche et Raiponce gardent le silence.

— Comme c'est original!

— Je suis certaine que mon père voudrait l'ajouter à sa collection.

— Superbe!

C'est au tour de Rose de rester bouche bée. Ce n'est pas la réaction à laquelle elle s'attendait. Même quand elle essaie de gâcher son travail, tout le monde le trouve parfait!

Une trompette résonne. Rose, hébétée, suit ses amies jusqu'à la salle à manger. Tout d'abord, aucune des quatre amies ne dit mot. Puis Blanche prend la parole :

— Je suis désolée, dit-elle à Rose, ses grands yeux noirs encore plus écarquillés que d'habitude. Je trouve ta tapisserie intéressante, mais pas aussi jolie que tes autres travaux de couture.

Rose hoche la tête. Elle est du même avis que Blanche. Comment se fait-il que Mme Taffetas aime le gâchis qu'elle a fait?

« Je devrai faire plus d'efforts pour prouver que je ne suis pas parfaite », constate-t-elle.

Pendant le repas, Rose avale donc sa soupe à la courge en faisant le plus de bruit possible, tout en écoutant Cendrillon leur expliquer son plan pour aider Javotte et Anastasie.

— Je pourrais les interroger sur l'histoire royale quand je les aide à s'habiller le matin, dit Cendrillon. Et si je réussis à préparer quelques questions pendant que je fais le souper, je les interrogerai tandis qu'elles se prépareront pour la nuit.

— Les nains me chantent toujours des chansons quand ils viennent me border, confie Blanche. Tu pourrais peut-être chanter à tes demi-sœurs les réponses aux questions?

— Je n'aurai pas le temps d'inventer des chansons, répond Cendrillon en soupirant. J'aurai déjà assez de mal à mémoriser toutes les questions et les réponses! Et même si j'arrive à apprendre le programme scolaire de troisième année par moi-même, il me sera pratiquement impossible de l'enseigner à Javotte et Anastasie.

— Moi aussi, j'aimerais bien leur donner une ou deux leçons, déclare Raiponce en jetant un regard mauvais en direction de la table d'Anastasie et de Javotte, de l'autre côté de la grande salle.

Grâce à Cendrillon, leurs robes sont propres et bien repassées, mais même leurs cols parfaitement empesés ne peuvent faire oublier leur expression revêche.

Rose s'essuie la bouche avec sa manche. Elle sourit en regardant la tache jaune qu'elle y a laissée. Encore quelques bouchées salissantes, et elle prouvera au monde entier qu'elle est plus qu'un joli visage!

Chapitre Trois

Tout le plaisir est pour toi

Les portes de l'École des princesses s'ouvrent avec un bruit feutré et Raiponce sort sur le parvis ensoleillé. Il est aussi agréable de terminer une journée d'école que d'en commencer une. Et aujourd'hui, un beau prince l'attend au bout du pont-levis : son ami le prince Stéphane.

— Stéphane! crie-t-elle en courant vers lui.

Stéphane est en deuxième année à l'École de charme. Il est son meilleur ami depuis quatre ans. Ils se sont rencontrés un jour où Stéphane est tombé par hasard sur la tour de Raiponce dans les bois. Il avait alors mis la jeune fille au défi de descendre le long du mur extérieur de la tour, ce qu'elle avait fait.

Aujourd'hui, Raiponce a hâte de lui parler de la tapisserie originale de Rose, sans oublier l'étrange coiffure que leur amie a inventée pendant le cours Glace et reflets. Stéphane adore entendre les histoires de Raiponce au sujet de l'École des princesses, surtout quand elles concernent Rose Églantine.

14

Au moment où Raiponce arrive à la hauteur de son ami, un autre prince, qu'elle n'a jamais vu auparavant, apparaît aux côtés de celui-ci. Du moins, sa tête. Il était probablement derrière Stéphane, incliné pour observer les cygnes.

— Raiponce, voici mon nouvel ami Pat, dit Stéphane en désignant le garçon aux yeux noisette.

Pat sourit et s'incline sur la main de Raiponce.

— Heureux de te...

La jambe du prince se coince dans la balustrade du pont et il tombe en avant, manquant de renverser Raiponce.

— Holà! dit Raiponce en riant, avant de lui tendre son bras pour l'aider à se relever. Nul besoin de t'évanouir pour moi!

Pat éclate de rire en se remettant debout. Il est très grand et dépasse Stéphane d'une tête.

— Tu avais raison, Stéphane, affirme-t-il. Elle n'est pas une princesse ordinaire.

— Elle a été élevée par une sorcière, explique Stéphane. Sans blague!

— Une sorcière très puissante, ajoute fièrement Raiponce. Et elle est en train de devenir une très bonne cuisinière!

Blanche et Cendrillon sortent du château et descendent les marches avec un groupe de princesses. Raiponce entend des bribes de leur conversation parmi les commentaires des autres élèves sur les examens.

— Ouf! Quelle journée! s'exclame Blanche en

s'engageant sur le pont-levis. J'ai la tête qui tourne avec ces histoires d'examens. Même Rose est dans tous ses états. Je ne l'ai jamais vue aussi énervée. As-tu vu ce qu'elle a fait à ses cheveux au cours Glace et reflets?

Stéphane s'avance vers les jeunes filles.

— Je vous présente Pat, dit-il avec un grand geste du bras. Pat, voici Blanche Neige et Cendrillon Lebrun.

— Pat qui? demande Cendrillon.

— Pat tout court, répond Pat.

Raiponce remarque que le garçon a rougi. Il s'incline et manque de trébucher contre une planche branlante du pont, mais il se redresse de justesse.

— Heureuse de faire ta connaissance, Pat, déclare Blanche avec un petit rire et une révérence.

— Moi de même, réplique Pat. Stéphane m'a beaucoup parlé de toi. Il m'a parlé aussi d'une autre princesse...

Du coin de l'œil, Raiponce aperçoit des mèches de cheveux emmêlées. C'est Rose. Rose qui a ébouriffé sa chevelure dorée, habituellement lisse comme de la soie, pour créer une incroyable tignasse en bataille qui ne passe pas inaperçue.

Raiponce aime bien cette nouvelle coiffure. Comme sa propre chevelure est toujours en broussaille, elle se sent en terrain connu. Toutefois, elle est surprise par la réaction des autres Chemises.

Elles n'ont pas réussi à reproduire parfaitement la coiffure hirsute de Rose, mais en les voyant descendre les marches de l'école, Raiponce constate qu'elles ont

16

certainement tenté de l'imiter.

Elle fait signe à son amie :

— Rose! Par ici!

La jeune fille ébouriffée traverse le pont avec une expression mécontente. Raiponce sourit en la regardant. Elle a l'air tellement différente!

— Rose? demande Stéphane, de toute évidence surpris par l'apparence de la jeune fille.

Pat s'avance avec une aisance inhabituelle.

— Aaaah! *Belle!* dit-il avec un grand sourire. Ta réputation te précède, mais ne te rend pas justice. Tu as vraiment la perfection d'une fleur. Quel plaisir de faire ta connaissance!

Raiponce voit Rose qui se raidit. Ses yeux bleus habituellement amicaux lancent des éclairs en direction de ce nouveau venu dégingandé. La figure de la jeune fille, maculée de soupe, se tord en une grimace pendant que le jeune homme s'incline pour lui baiser la main.

— Tout le plaisir est pour toi, rétorque Rose d'un ton sec. Certainement pas pour moi.

Cendrillon, stupéfaite, porte la main à sa bouche tandis que Blanche pousse une exclamation de surprise. Pat a l'air abasourdi. Raiponce est étonnée, elle aussi. Elle sait que Rose passe une mauvaise journée, mais d'habitude, son amie reste toujours polie et posée. Raiponce croit discerner une furtive expression de triomphe sur le visage de Rose. Celle-ci retire abruptement sa main pour chasser un essaim d'oiseaux ou de gros insectes... non, il s'agit seulement de ses fées.

17

Les petites silhouettes ailées volettent autour de sa tête, replaçant des mèches de cheveux et essuyant la saleté de ses joues.

— Laissez-moi donc tranquille, marmonne Rose en chassant les fées de la main.

Elle tourne les talons puis, sans un mot à ses amis, s'éloigne d'un pas lourd vers le carrosse doré de son père. La porte tapissée de velours se referme avec un bruit sec et les chevaux s'élancent. Un instant plus tard, Rose a disparu dans un nuage de poussière.

Raiponce se tourne vers Blanche et Cendrillon, qui ont l'air aussi stupéfaites qu'elle.

— Qu'est-ce qu'elle a? demande Stéphane.

— Je ne voulais pas l'offusquer, dit Pat en écartant une mèche de cheveux blond-roux de ses yeux. Je la taquinais, c'est tout. Je ne m'attendais pas à ce que la célèbre Belle soit si... si...

Stéphane fait la grimace.

— J'aurais dû t'avertir, Pat. Elle n'aime pas qu'on l'appelle Belle.

— Je ne l'ai jamais vue si en colère, dit Blanche en portant les mains à son visage. Elle m'a fait penser à un des nains. Sauf que Grognon est très gentil!

— Rose aussi, souligne Cendrillon.

— Du moins, l'*ancienne* Rose, murmure Raiponce.

Elle aime vraiment le côté créatif dont a fait preuve leur amie aujourd'hui, mais elle est estomaquée par son impolitesse envers Pat. Quelle mouche l'a donc piquée?

— Je suis certaine qu'elle sera de meilleure humeur

demain, dit Cendrillon. Contrairement à ma belle-mère, qui n'est jamais de bonne humeur. Tu m'excuseras, Pat, mais je ferais mieux de rentrer. Kastrid va me faire toute une scène si je suis en retard pour la préparation du repas. J'aimerais bien que mes demi-sœurs mettent parfois la main à la pâte!

La jeune fille fait au revoir de la main avant de s'engager sur le sentier qui mène au manoir de son père.

— Pâte... répète Blanche d'un ton songeur. J'ai une idée! Je vais préparer une tarte pour le dessert des nains!

Ses soucis oubliés, elle gambade jusqu'au bout du pont, puis emprunte le sentier qui conduit à la maisonnette des nains. Raiponce est sur le point de donner des explications à Pat lorsque Stéphane la prend par le bras.

— À demain, Pat! lance-t-il en entraînant Raiponce.

Pat a l'air déconcerté de se faire abandonner si vite. Raiponce se demande si elle devrait l'inviter à les accompagner, mais elle a l'impression que Stéphane a quelque chose à lui dire.

« Il veut probablement m'interroger au sujet de Rose, pense-t-elle. Il veut *toujours* parler d'elle. »

— Tu vas trouver ça incroyable! dit Stéphane aussitôt qu'ils se retrouvent seuls dans la forêt.

— Qu'est-ce qui est incroyable? demande Raiponce, secrètement soulagée que Stéphane ait quelque chose d'excitant à lui raconter.

— Le nom de Pat. Il s'appelle Guillaume Patenaille, dit le garçon en lançant un caillou dans le ruisseau.

Stéphane s'immobilise et jette un regard éloquent à Raiponce. La jeune fille ne réagit pas.

— Et puis? finit-elle par demander.

— Ne me dis pas que tu n'as jamais entendu parler des Patenaille! s'exclame Stéphane d'un air incrédule.

Raiponce le regarde du coin de l'œil. Non, elle ne les connaît pas. Et alors?

— Mais où passes-tu tout ton temps? Enfermée dans une tour ou quoi?

C'en est assez. Raiponce se retourne et enfonce son coude dans le ventre de son ami, qui se plie en deux, le souffle coupé.

— D'accord, d'accord, dit-il en levant les mains en signe de capitulation. Les Patenaille sont des gens du monde bien connus pour leur amour du théâtre et leurs grands bals masqués.

Le jeune homme fait une pause, puis reprend, les yeux brillants :

— Ils viennent de s'installer dans notre partie du royaume et organisent un bal masqué cette fin de semaine pour faire la connaissance de leurs nouveaux voisins. Toute la royauté est invitée, et tout le monde doit être déguisé!

— Ça alors! s'exclame Raiponce, dont les yeux brillent à son tour.

Une réception! Avec des costumes! Ce sera l'occasion idéale de faire une pause pendant la préparation de ses examens.

Stéphane redevient sérieux.

— Ne dis pas à Pat que je t'en ai parlé, s'il te plaît. Il m'a demandé de ne révéler son nom de famille à personne. Il n'aime pas que les gens sachent à quelle famille il appartient.

— Je ne dirai rien, lui assure Raiponce.

Elle comprend la situation de Pat. Si ses parents sont des gens du monde, elle peut imaginer les situations embarrassantes que doit provoquer la maladresse du jeune prince. C'est un peu comme elle qui a été élevée par une sorcière. Raiponce ne veut pas toujours révéler ce détail aux personnes qu'elle rencontre. Parfois, il est agréable de produire son propre effet sur les gens.

Chapitre Quatre
Dans tous ses états

Le carrosse royal de Rose s'arrête devant un grand château étincelant. Rose se lève et ouvre la portière à la volée avant que le cocher ait le temps de s'approcher. Elle a hâte de se retrouver seule dans sa chambre. Elle a besoin de réfléchir après cette étrange journée, mais elle n'arrive pas à penser, avec ses fées qui s'affairent autour d'elle.

— Attention à la marche, ma chérie, dit Marguerite en voltigeant près de son oreille.

Bouton d'or et Violette essaient de s'emparer de ses parchemins et de ses livres.

— Je suis parfaitement capable de sortir du carrosse toute seule et de transporter mes livres, déclare Rose d'un ton catégorique.

Les minuscules fées prennent une expression attristée et s'envolent hors du carrosse. Rose se sent coupable de leur avoir parlé sur ce ton, mais elle est excédée d'être dorlotée!

La jeune fille sort du carrosse en soupirant et

s'engage dans l'allée qui mène au château.

— Bonjour, mademoiselle et mesdames les fées! dit Geoffroy, le majordome, en leur ouvrant la porte.

Il hausse les sourcils par-dessus ses lunettes en apercevant la coiffure de la princesse. Cependant, il ne dit rien et referme doucement la porte derrière elle.

Rose soulève ses jupes et se hâte de monter à l'étage. Elle peut entendre les ailes vibrantes de ses fées, qui la suivent tout en gardant leurs distances. Même si Rose comprend qu'elles les a blessées, elle ne peut pas se résoudre à s'excuser. Elle pousse la lourde porte d'acajou de sa chambre avec son épaule et transporte ses livres jusqu'à son lit à baldaquin. La porte se referme avec un claquement sonore. Enfin seule, elle s'allonge sur son édredon de duvet molletonné et ouvre un livre intitulé *Les princesses d'hier et d'aujourd'hui – Tome I*. Peu importe ce que pensent ses camarades, elle doit étudier elle aussi... du moins, un peu.

Elle parcourt rapidement un chapitre sur une princesse qui s'est laissé convaincre de vendre son petit frère à un gnome en échange de la beauté éternelle. Mais les paroles que Rose a échangées avec Pat ne cessent de revenir à l'esprit de la jeune fille. Qu'est-ce qu'il a dit, déjà? Que sa réputation la précédait?

« Pas *ma* réputation, pense Rose. La réputation de Belle. Je n'ai jamais choisi d'être Belle, moi. »

Peu importe ce qu'elle fait, on dirait que tout le monde la trouve parfaite. « Il faut que je redouble d'efforts, se dit Rose. J'ai bien l'impression que cette réputation de perfection ne se ternira pas aisément. »

Elle se remet à étudier, mais elle est distraite l'instant d'après par des battements d'ailes et des chuchotements. Ses fées sont entrées par la fenêtre et voltigent près des rideaux.

— Son père va piquer une crise! dit Bouton d'or d'un ton plaintif.

— Et ses cheveux! Ils ont l'air d'un champ de blé tout piétiné! renchérit Pétunia en se tordant les mains.

— Regardez sa robe, chuchote Pensée. Dahlia devra sans doute recourir à la magie pour enlever ces taches!

Incapables de demeurer loin de leur protégée, les fées s'approchent en bourdonnant.

— S'il te plaît, ma chérie, dis-nous ce qui t'est arrivé, supplie Pensée. Qui t'a fait ça?

— Je l'ai fait moi-même, déclare Rose.

— Sûrement pas! s'écrie Violette d'un ton incrédule. Qui donc veux-tu protéger?

Elle se précipite pour essayer de défaire un nœud dans une mèche de Rose, près de son oreille. Derrière la tête de la jeune fille, Bouton d'or et Pétunia tentent de lisser la partie la plus emmêlée de sa chevelure.

— C'est vrai, dit Rose, qui ne peut pas s'empêcher de rire.

Elle voit bien que cela torture ses fées de la voir ainsi. Elles sont si nombreuses qu'elle ne peut pas les chasser. Par contre, elle peut sortir de sa chambre pour aller souper.

Elle se dirige vers la salle à manger, pendant que ses

fées s'affairent autour d'elle pour achever leur tâche.

— Voyons! Cette mèche ne veut pas rester en place! s'exclame Marguerite en essayant vainement de glisser la mèche dans une natte.

Les fées voltigent autour de Rose jusqu'à ce qu'elle prenne place à la grande table carrée de la salle à manger. Geoffroy dépose sur ses genoux une serviette portant son monogramme brodé en jolies lettres rose pâle : RÉ.

— Comment était ta journée, ma chérie? lui demande sa mère, la reine Marianne, qui s'interrompt soudain en voyant la coiffure de sa fille. Qu'est-il arrivé à tes cheveux?

Rose réprime un sourire en portant la main à ses cheveux. Au moins, sa famille et ses fées ont remarqué sa nouvelle allure.

— Est-ce que Mme Labelle vous fait encore utiliser des fers chauds au cours Glace et reflets? reprend sa mère d'un ton inquiet. Vraiment, ma chérie, je préférerais que tu laisses tes fées t'accompagner à l'école.

— Des fers chauds? s'exclame son père, le roi Hector, en fronçant ses sourcils broussailleux. Ce doit être dangereux!

— Non, nous n'utilisons pas de fers à friser en ce moment, répond Rose en soupirant. J'ai créé cette coiffure moi-même.

Mais ses parents ne semblent pas l'entendre. En fréquentant l'École des princesses, Rose avait espéré leur faire comprendre que la vie n'était pas aussi périlleuse qu'ils le pensaient. Peine perdue. Ils sont toujours aussi surprotecteurs.

— De toute façon, père, les fers à friser sont utilisés depuis des siècles. Ils sont tout à fait sécuritaires.

— Je serais plus rassuré si tu acceptais de porter les gants que je t'ai achetés l'été dernier, réplique le roi.

— Mais père, ce sont des gantelets d'armure! Ils servent aux chevaliers qui se battent en duel! Je ne crois pas que Dame Bathilde permettrait qu'on les porte à l'école.

Le roi Hector porte une cuillerée de bouillon à sa bouche.

— Tu sais à quel point tu es délicate, ma petite fleur, dit-il d'un ton grave.

Rose fait la grimace. Elle *n'est pas* délicate. Pourquoi son père ne s'en rend-il pas compte?

Sa mère s'éclaircit la gorge discrètement. Elle veut changer de sujet, c'est évident. Elle craint probablement que cette discussion animée ne coupe l'appétit à sa fille.

— Et alors, comment était ta journée? redemande-t-elle d'un ton calme.

Rose soupire.

— Pas mal, répond-elle. Les princesses ne parlent que des examens de mi-trimestre. Mes amies sont plutôt nerveuses. Elles me trouvent chanceuse de ne pas avoir à m'inquiéter.

— C'est très bien, dit sa mère en souriant.

— Euh… pas vraiment, répond Rose avec franchise.

Elle ne dit pas toujours toute la vérité à ses parents sur ses sentiments. Elle ne veut pas les tracasser pendant les repas. Cependant, Rose n'est plus la même.

— En fait, tout le monde pense que je n'ai aucun problème parce que j'ai reçu des dons des fées à la naissance. On s'attend toujours à ce que je sois parfaite. Eh bien, ce n'est pas facile d'être toujours parfaite.

Rose se surprend elle-même par le flot de paroles précipitées qui jaillit de sa bouche.

— Mais ma chérie, tu *es* parfaite, proclame le roi. Tu es la princesse la plus parfaite du royaume!

Rose étouffe un grognement et contemple les croûtons qui flottent dans son bouillon. Elle aime beaucoup son père, mais parfois, il ne comprend rien à rien.

— Tu es une jeune fille exceptionnelle, avec des dons exceptionnels, intervient sa mère en serrant la main de Rose.

Rose sourit faiblement. À quoi bon dire la vérité? Sa famille et ses fées ne sont tout simplement pas prêtes à l'entendre.

— Nous avons reçu une invitation intéressante, aujourd'hui, déclare sa mère pour détourner la conversation. Un page est venu la porter. Elle était imprimée sur du parchemin bleu vif. Et son contenu était aussi surprenant que sa couleur, poursuit-elle en se penchant en avant, excitée par la nouvelle. Les Patenaille donnent une réception cette fin de semaine dans leur nouveau château!

Le roi Hector fait tinter sa cuillère d'argent dans son bol à soupe.

— La célèbre famille Patenaille? Elle a un nouveau château?

La reine sourit et hoche la tête.

— Eh oui! Ils viennent de s'installer dans la région et organisent un grand bal masqué. Rose, tu es invitée, toi aussi!

Rose frissonne d'excitation. Ses parents ont assisté à plusieurs bals masqués ces dernières années, mais elle était toujours trop jeune pour les accompagner. Cette fois, elle est invitée!

Le roi Hector se tamponne les yeux avec sa serviette.

— Notre petite fille grandit, dit-il en prenant la main de sa femme.

Rose l'entend à peine. Les pensées se bousculent dans sa tête. Elle est transportée de joie à l'idée d'être invitée à une réception de grandes personnes. De plus, un bal masqué est l'occasion idéale de se réinventer, de changer son apparence, sa voix... tout! Avec un déguisement, elle pourra échapper à sa réputation. Elle pourra devenir n'importe qui!

Il ne lui reste plus qu'à répondre à une question : qui veut-elle devenir?

Chapitre Cinq

Nouvelle mode

— Enfin! dit Cendrillon au chat, après avoir rincé la dernière assiette et l'avoir déposée sur le comptoir près de l'évier.

L'animal est couché en boule devant l'âtre, mais il ouvre un œil pour montrer qu'il l'a entendue. Cendrillon est heureuse d'avoir terminé la vaisselle. Sa belle-mère exige toujours plusieurs services, et chaque plat doit être servi dans la porcelaine et les couverts appropriés. Faire la vaisselle prend donc souvent plus d'une heure, puis la jeune fille doit ranger et balayer.

Une fois que la cuisine est immaculée, Cendrillon s'occupe du repassage. Ensuite, elle grimpe l'escalier principal jusqu'à la chambre de sa belle-mère.

— Tu en as mis du temps! dit sèchement Kastrid, assise à sa coiffeuse en train de peigner sa longue chevelure rousse. Si je veux que mes cheveux soient peignés avant le lever du soleil, je suis obligée de le faire toute seule!

— Je devais finir le repassage, se contente de

répondre Cendrillon. Javotte et Anastasie voulaient des jupons fraîchement repassés pour demain.

— Eh bien, tu travailles trop lentement, comme d'habitude! crache Kastrid. J'espère que tu seras moins lambine quand tu aideras tes sœurs à repasser leurs leçons. Une fille aussi stupide que toi aura du mal à les suivre! Bon, maintenant, sors ma chemise de nuit et va-t'en. Je suis déjà lasse de te voir.

Cendrillon se mord la lèvre et ouvre l'armoire de sa belle-mère. Elle aimerait que son père ne soit pas parti en voyage cette semaine. Même s'il ne s'oppose presque jamais à sa femme pour protéger sa fille unique, la vue de son visage bien-aimé aide toujours Cendrillon à supporter les soirées à la maison.

— Dépêche-toi! ordonne Kastrid.

Cendrillon sort une chemise de nuit bien pliée de l'armoire et l'étale sur le lit. Puis elle quitte la pièce en refermant la porte derrière elle.

Tout en marchant dans le couloir, elle frotte son épaule endolorie par les va-et-vient entre la cuisine et la salle à manger avec les plats chargés de nourriture. Elle sait qu'elle devrait faire un peu de reprisage (le panier déborde de vêtements à raccommoder) ou étudier pour ses examens, mais elle est épuisée. Tout ce qu'elle souhaite, c'est aller au lit et se blottir sous les couvertures.

« Je vais m'occuper du reprisage demain soir », se dit-elle en ouvrant la porte qui donne sur l'escalier du grenier.

Avant qu'elle puisse poser le pied sur la première marche, elle se fait interpeller.

— Cen-dril-lon! chantonne Anastasie. Nous voulons te parler.

Cendrillon se tourne vers ses demi-sœurs et réprime un éclat de rire. Javotte et Anastasie se sont crêpé les cheveux pour obtenir une coiffure en broussaille comme celle de Rose! Seulement, dans leur cas, cette coiffure leur convient tout à fait : elle rehausse leur vilaine apparence naturelle.

Cendrillon regarde les figures pincées de ses demi-sœurs :

— Est-ce qu'il s'agit d'un nouveau style? demande-t-elle d'un air sérieux.

— Pauvre Cendrillon! Tu es trop nouille pour repérer une nouvelle mode, même quand elle est lancée par une de tes bonnes amies! dit Anastasie.

— Regardez-moi ces cheveux tout plats! renchérit Javotte en se moquant de la chevelure de Cendrillon. Au fait, sais-tu où Belle a déniché la mouche jaune qui ornait son menton hier, pendant le dîner?

Cendrillon a envie de les désillusionner en leur disant que la mouche n'était qu'une tache de soupe. Mais à bien y réfléchir, elle ne veut rien leur révéler! Elle n'est pas certaine de comprendre les intentions de Rose. Toutefois, elle a le sentiment que cela n'a rien à voir avec la mode. Il est préférable de ne rien dire à ses horribles demi-sœurs.

— Je l'ignore, répond-elle, ce qui n'est pas tout à fait

31

faux. Je crois qu'elle était distraite pendant le cours Glace et reflets.

Anastasie lève le menton et plisse les yeux. Alors qu'elle est sur le point de dire quelque chose, Kastrid apparaît derrière elle.

— Cendrillon, pourquoi restes-tu plantée là dans le couloir? Tu devrais aider tes sœurs à étudier. N'oublie pas, leurs résultats relèvent de ta responsabilité!

Cendrillon frissonne à l'idée de ce qui risque de lui arriver si Anastasie et Javotte n'obtiennent pas de bonnes notes.

— Mais mère, nous sommes épuisées! se plaint Anastasie.

Cendrillon lève les yeux au ciel. « Épuisées d'avoir fait quoi? pense-t-elle. D'avoir passé une journée entière à ne rien faire? De s'être crêpé les cheveux? » C'est un miracle que ces deux paresseuses réussissent à endurer une journée d'école.

— D'accord, ma chérie, dit gentiment Kastrid en caressant le bras de sa fille. Vous pouvez vous étendre dans une de vos chambres pendant que Cendrillon vous fait réviser.

— Dans ma chambre! s'écrie Anastasie.

— Non, la mienne! riposte Javotte.

— Je l'ai dit en premier! réplique Anastasie.

— Allons, les filles, dit Kastrid d'un ton apaisant. Vous aurez encore plusieurs soirées d'études. Ce sera chacune votre tour.

— D'accord, répond Anastasie d'un air vexé. Mais

commençons par ma chambre.

Javotte ne proteste pas, mais renifle d'un air hautain en s'éloignant dans le couloir, ses cheveux crêpés oscillant avec ses mouvements.

— Dépêche-toi, lambine! dit Anastasie à Cendrillon avant d'emboîter le pas à sa sœur.

Cendrillon se hâte de monter dans sa chambre pour aller chercher les notes qu'elle a copiées ce matin. Heureusement que les Crinolines ne sont pas toutes désagréables comme ses demi-sœurs. Deux d'entre elles ont accepté de lui prêter leurs livres et leurs notes de cours.

Lorsque Cendrillon arrive à la chambre d'Anastasie, les deux jeunes filles sont vautrées sur l'immense lit comme deux truies dans la boue.

— Alimente le feu! ordonne Javotte aussitôt que Cendrillon entre dans la pièce.

La jeune fille ajoute une bûche dans la cheminée, s'assoit sur un tabouret au pied du lit et ouvre un livre intitulé *Robes et parures*.

— Quel est le sous-vêtement traditionnel qu'on portait sous les robes de bal au XIIIe siècle? demande-t-elle.

Anastasie et Javotte la fixent d'un regard vide.

— J'ai froid aux pieds, dit Anastasie. Apporte-moi une bouillotte.

— Quelle était la largeur du vertugadin au XVIe siècle? demande Cendrillon avant de poser le livre pour aller chercher une bouillotte.

— C'est quoi, un vertugadin? gémit Anastasie d'une voix nasillarde.

— Je crois que c'est quelqu'un qui ne mange pas de viande, dit Javotte.

— Un vertugadin, c'est un cercle porté sous une robe pour lui donner du volume, explique Cendrillon en réprimant un sourire.

Il est évident qu'Anastasie et Javotte ne connaissent pas bien ce sujet, même si leur armoire déborde de jolies robes, de crinolines et de jupons.

« Elles sont aussi paresseuses à l'école qu'à la maison, se dit Cendrillon. Comment vais-je réussir à leur faire apprendre tout ça? »

Elle aimerait appeler sa marraine la fée à la rescousse, mais Lurlina travaille dans les Chambres administratives de l'École des princesses et ne peut pas intervenir sans risquer de perdre son emploi. Cendrillon va devoir se débrouiller seule.

— Je suis trop fatiguée pour étudier, se plaint Javotte.

— D'accord, dit Cendrillon, bien que les paroles de Kastrid résonnent encore dans sa tête. Nous continuerons demain.

Faire réussir ses demi-sœurs lui paraît une tâche impossible. Elle referme le lourd volume et quitte la pièce, laissant Anastasie et Javotte admirer leurs coiffures en ricanant.

« Elles ne sont pas si fatiguées que ça! » se dit amèrement la jeune fille en montant à sa tour, où elle ouvre les livres du programme des Crinolines et se met à lire en luttant contre le sommeil. Il faut qu'elle soit prête à faire réviser ses demi-sœurs demain matin pendant qu'elles s'habillent, sinon Kastrid aura sa peau! Ses propres études devront attendre.

Chapitre Six

Le batracien à la voix d'or

Blanche chantonne en s'engageant sur le pont-levis de l'école. Elle s'arrête un instant pour faire signe de la main aux cygnes qui nagent dans les douves.

— Bonjour! lance-t-elle gaiement.

Depuis qu'elle a entendu parler du bal masqué hier soir, Blanche n'a pas cessé de réfléchir à son déguisement. Au moment où elle est passée sous le panonceau indiquant la direction du village, elle a eu une idée géniale. Elle sait qu'elle peut compter sur sept experts pour l'aider à parfaire le moindre détail de son costume.

— Un chapeau, une ceinture, des chaussures de cuir... énumère-t-elle en comptant sur ses doigts fins et pâles. Oh! Et une barbe! ajoute-t-elle en riant.

La jeune fille tourne le dos aux cygnes et oublie brusquement ses projets de déguisement. Quelques Jarretières de deuxième année s'approchent du pont-levis. Elles ont l'air de princesses ordinaires... sauf que leurs cheveux sont crêpés et remontés en énormes boules sur leurs têtes, exactement comme la chevelure de Rose hier.

— Ça alors! s'exclame Blanche en suivant les filles dans l'escalier de marbre poli.

L'une d'elles, une rousse appelée Léonie, a fait tellement de nœuds dans ses cheveux que Blanche se demande si elle réussira un jour à les démêler. Le simple fait d'y penser lui donne mal au cuir chevelu!

Pfffff! Les portes de l'école s'ouvrent. Blanche entre à l'intérieur... et se retrouve aussitôt entourée de filles aux cheveux en broussaille. D'un geste instinctif, elle porte la main à ses propres cheveux pour s'assurer qu'ils sont toujours bien peignés.

Elle se fraie un chemin parmi les princesses et cherche ses amies en s'efforçant de ne dévisager personne. Ce n'est pas facile. Certaines coiffures, comme celles de Javotte et Anastasie, sont si exagérées que celle de Léonie a l'air nette et soignée en comparaison!

— Blanche!

La jeune fille pousse un soupir de soulagement quand Cendrillon la saisit par le bras et l'attire en bordure d'un passage voûté. Raiponce est avec elle et observe les autres élèves d'un air narquois.

— C'est incroyable, non? demande Cendrillon, ses grands yeux verts écarquillés.

— Je trouve ça super, dit Raiponce. À côté de leurs coiffures, mes cheveux ont l'air très bien peignés!

Elle porte la main à ses tresses rebelles qu'elle tapote affectueusement.

— Oh! C'est terrible! s'exclame une voix essoufflée derrière elles.

Blanche se retourne et aperçoit Rose.

— Elles me ressemblent toutes! ajoute la nouvelle venue.

Blanche regarde son amie, bouche bée. Les autres princesses ressemblent peut-être à Rose, mais cette dernière ne se ressemble guère! Ses cheveux sont encore pires que la veille. Sa robe est froissée et déchirée. Et son expression renfrognée est loin d'être flatteuse.

— As-tu rencontré un loup en route? lui demande Blanche d'un ton inquiet, en l'examinant pour vérifier si elle est égratignée ou blessée.

— Non, répond Rose en soupirant. Je voulais seulement essayer quelque chose de différent.

Blanche ne sait pas quoi dire. Elle trouve que Rose a l'air... épouvantable. Les deux autres gardent le silence. Cendrillon, l'air troublée, garde les yeux fixés sur la robe déchirée de Rose. Blanche éprouve de la compassion pour elle, qui essaie constamment de dissimuler ses propres robes élimées.

Tandis que Blanche cherche quelque chose de gentil à dire, Raiponce s'adresse à Rose d'un air grave :

— Tu sais, tu as vraiment blessé Pat hier quand tu es partie en coup de vent. Tu passais peut-être une mauvaise journée, mais il ne savait rien de tout ça. Il essayait seulement d'être gentil.

Rose se mord la lèvre.

— Je sais. Mais il était si agaçant! *Ta réputation te précède, mais ne te rend pas justice...* Pour qui se prend-il donc?

— Il te taquinait, Rose, dit doucement Cendrillon. Pour ma part, je le trouve plutôt mignon.

— Moi aussi, glousse Blanche. Il est différent des autres. Je me demande d'où vient sa famille. Savez-vous où il habite?

— Dans le nouveau château au sommet de la colline des Aristocrates, dit Raiponce. Mais vous savez bien qu'il ne faut pas juger quelqu'un par sa famille.

— Je sais bien, dit Blanche. Si les gens me jugeaient en fonction de Malodora...

À la pensée de sa belle-mère, la jeune fille frissonne, incapable de poursuivre.

Rose plisse le nez et déclare :

— Eh bien, peu importe d'où il vient, je l'ai trouvé royalement agaçant!

La trompette retentit au moment où Blanche ouvre la bouche pour protester. Les amies se hâtent de gagner leur classe.

Blanche essaie de se concentrer sur la proclamation de Mme Garabaldi, mais elle est distraite. Rose a un comportement vraiment bizarre. Pourquoi est-elle si susceptible, ces derniers temps? Et pourquoi vient-elle à l'école dans un état aussi lamentable? Elle le fait exprès, en plus!

Blanche réfléchit à la nouvelle apparence de Rose

toute la matinée. Pourtant, elle n'a pas encore trouvé d'explication lorsqu'il est temps de se rendre au cours d'identification des grenouilles, sa matière préférée.

« Nous devrions lui parler pendant le dîner, se dit Blanche en marchant dans le couloir. Et aussi voir comment va Cendrillon. »

Mme Grenon entre dans la classe en se dandinant. Elle commence le cours en parlant des princes-grenouilles célèbres, un sujet sur lequel porteront les examens. Blanche adore les grenouilles. Elle est fascinée par l'idée d'être transformée en batracien. La vie d'un amphibie bondissant doit être amusante! « Si j'étais une grenouille, je n'aurais pas à passer d'examens! » pense-t-elle avec une pointe d'envie.

— Le plus célèbre prince transformé en grenouille est Archibald Amphibien, déclare la professeure. Certains de ses contemporains sont moins connus, comme Ignace Dussaut et le batracien à la voix d'or, Firmin Ducois.

— Ducoâ-coâ! répète doucement Raiponce en imitant la voix rauque de l'enseignante.

La Chemise à côté d'elle pouffe de rire, et quelques grenouilles réagissent en coassant dans les cages alignées le long des fenêtres à carreaux.

— Bien entendu, poursuit Mme Grenon, Firmin était connu pour son coassement, dont il n'a pu entièrement se débarrasser après avoir été transformé en être humain. Voyez-vous, le sortilège qui pesait sur lui était si puissant que le prince était condamné à coasser au lieu de parler, chaque fois qu'il était énervé.

40

Plusieurs élèves se mettent à glousser à l'idée d'un prince qui coasse au lieu de parler.

— Je vous assure que ce n'était pas drôle pour lui quand il voulait séduire une princesse, dit Mme Grenon d'un ton grave.

Les rires reprennent de plus belle. Les élèves s'imaginent un prince qui leur fait la cour en coassant. Rose est la seule qui ne rit pas. Elle a une expression sérieuse, les traits crispés et le nez en l'air.

L'enseignante regarde ses élèves d'un air sévère.

— Ces informations sont essentielles pour l'examen de la semaine prochaine. Est-ce que vous souhaitez échouer?

Les princesses reprennent aussitôt leur sérieux. Pendant un instant, la salle est silencieuse.

Puis une grosse grenouille pousse un cri sonore :

— Coâ! Coâ!

Les autres batraciens lui répondent en chœur :

— Coâ! Coâ!

— Ils doivent être nerveux! lance Cendrillon. Ils n'arrivent pas à parler!

Les gloussements fusent de nouveau. Cette fois, même la professeure semble amusée. Blanche s'adosse à son siège et ferme les yeux. Le son mélodieux des coassements mêlés aux rires des princesses s'élève vers le plafond en voûte et la fait sourire.

Quelques instants plus tard, Blanche ouvre les yeux. Un nouveau son enterre tous les autres. *Un grognement!* « Est-ce qu'un cochon se promènerait en liberté dans la classe? » se demande-t-elle en balayant la pièce des yeux. Elle ne voit aucun porc. Le son doit bien provenir de *quelque part*.

Elle écoute attentivement pour repérer la provenance du bruit. Le souffle coupé, elle se rend compte que ce grognement dégoûtant n'est pas produit par une grenouille ou un cochon, ni un autre animal, mais par son amie Rose Églantine!

Chapitre Sept

Grognons en chœur

Les rires et les coassements s'éteignent tout à coup. La classe d'identification des grenouilles est plongée dans le silence, à l'exception des grognements très bruyants de Rose.

La jeune fille jubile en laissant échapper quelques ronflements retentissants. Cette nouvelle façon de rire ressemble à s'y méprendre au cri du cochon. C'est le rire le moins élégant que Rose ait jamais entendu. Avec cela, ses camarades devront bien reconnaître qu'elle n'est pas parfaite!

Rose est si concentrée qu'elle ne remarque pas le silence qui s'est installé, ni l'expression désapprobatrice sur la face aplatie de Mme Grenon... jusqu'à ce que Cendrillon la pousse du coude. Mais il est déjà trop tard.

Les grognements de Rose résonnent dans la pièce au plafond haut. C'est un son répugnant, avec des bruits de gorge mouillés et des résonances graves.

Une fois le silence revenu, Mme Grenon s'éclaircit la gorge et reprend son cours.

— Comme je le disais, il n'y avait pas de quoi rire, et la malédiction de Firmin a fini par décider de son sort. Il a perdu l'amour de sa vie le jour où il lui a demandé de l'épouser en coassant.

Mme Grenon essuie une larme, alors que les Chemises répriment un fou rire.

Rose ne peut pas s'empêcher de rire en se représentant la figure étonnée de la princesse. Elle pousse un grognement amusé, mais s'arrête aussitôt en constatant que les grognements semblent se multiplier autour d'elle. Même après s'être tue, elle entend des ronflements se répéter sans fin. Les autres princesses s'efforcent de rire comme elle!

Elle ne sait pas si elle doit rire ou pleurer. Elle ne peut même pas grogner sans être imitée par celles qui l'entourent! Ses camarades ne voient-elles pas qu'elles sont ridicules en grognant de la sorte?

Elle les regarde haleter et grogner, et se prend presque à regretter d'avoir inventé une nouvelle façon de rire. Quelques princesses rient tellement qu'elles en tombent presque de leur siège. Rose jette un regard suppliant à ses amies, qui paraissent tout aussi étonnées qu'elle. Même Raiponce semble prise au dépourvu.

À l'avant de la pièce, Mme Grenon essaie de surmonter le vacarme, mais en vain. Elle monte d'un bond sur une chaise.

— Mesdemoiselles! lance-t-elle.

Rose l'entend à peine dans le brouhaha. Les autres élèves ne semblent pas l'entendre non plus.

La professeure se met à sauter sur place en agitant ses bras courts dans les airs. Elle est de plus en plus agitée, ce qui suscite une recrudescence de grognements et ronflements.

En désespoir de cause, l'enseignante écrit quelques mots sur un parchemin et appelle un page. À la vue du couvre-chef pointu de l'écuyer, les élèves se calment, suffisamment pour que Mme Grenon parvienne à se faire entendre.

— Rose Églantine! crie-t-elle d'une voix rauque. Sortez de ma classe immédiatement et allez chez la directrice! Votre comportement est parfaitement honteux.

Plus un son ne s'élève dans la classe quand Rose se lève, à l'exception de l'exclamation horrifiée qui s'échappe de la bouche de Blanche.

« *Parfaitement honteux*, se répète Rose. Encore ce mot : *parfait*. »

Toutefois, elle ne l'a jamais entendu prononcer avec une telle sévérité. Et personne ne lui a jamais parlé sur ce ton non plus. Son nouveau rire a certainement réussi à changer l'attitude de Mme Grenon envers elle, mais Rose n'est pas sûre d'aimer cela.

Elle se dirige lentement vers la porte où l'attend le page, le parchemin à la main. La porte se referme derrière elle avec un bruit feutré. Hébétée, elle suit le page dans le couloir, sans savoir ce qui l'attend. C'est la première fois qu'elle s'attire des ennuis pour avoir fait des bêtises. Il est rare qu'une princesse soit envoyée au bureau de la directrice, et Rose n'a jamais imaginé, même dans ses pires cauchemars, qu'une pareille chose pourrait lui arriver.

Le page frappe si doucement à la porte de Dame Bathilde que Rose ne perçoit pratiquement aucun bruit. La porte s'ouvre toute grande dès qu'il baisse la main. Rose rencontre le regard de Dame Bathilde, assise à son bureau d'acajou sculpté, de l'autre côté de la pièce.

— Ce sera tout, Bartholomé, dit la directrice au page après avoir accepté le parchemin. Asseyez-vous, Rose, ajoute-t-elle en désignant une chaise de bois poli à haut dossier.

La jeune fille préférerait être à la place du page, mais elle s'avance et s'assoit en grimaçant sur le siège dur dépourvu de coussin.

— Maintenant, dites-moi pourquoi Mme Grenon vous a envoyée me voir, demande la directrice sans prendre la peine de lire le parchemin.

Son expression est neutre, ne révélant ni plaisir ni mécontentement, même lorsqu'elle pose son regard sur la chevelure en broussaille de Rose. La jeune fille baisse les yeux sur sa robe froissée et se sent soudain honteuse.

Elle prend une grande inspiration et commence à expliquer qu'elle a dérangé la classe avec ses grognements. Les yeux gris de la directrice sont impassibles. Rose termine ses explications et demeure assise, les yeux baissés.

La directrice se lève et contourne son bureau. Elle relève le menton de Rose. Sa main est douce et froide, comme son regard. Même quand elle laisse retomber sa main, Rose ne baisse pas la tête.

— Pour une princesse, le plus important est de demeurer soi-même, déclare Dame Bathilde. Ce n'est qu'en étant fidèles à ce que nous sommes que nous pouvons être utiles à notre famille, à nos amis, à notre école, à notre collectivité et, par-dessus tout, à nous-mêmes. C'est à vous de vous montrer sous votre meilleur jour, Rose, poursuit-elle en retournant s'asseoir. Pour vous-même et pour ceux qui vous entourent, il est essentiel que vous fassiez voir la véritable Rose.

« Oui! voudrait crier Rose. Oui, je veux être fidèle à moi-même. Je veux que les gens voient qui je suis vraiment! »

La jeune fille se mord la lèvre pour ne pas pleurer et laisser jaillir toutes les émotions qui se bousculent en elle.

— Les gens s'attendent à ce que vous donniez l'exemple, Rose, continue Dame Bathilde en plongeant son regard dans celui de la jeune fille. Répondez-vous à leurs attentes? Êtes-vous fidèle à vous-même?

« J'essaie », pense Rose, qui sent les barreaux de sa cage se resserrer une fois de plus autour d'elle. Le poids des attentes d'autrui et son désir de rendre les autres heureux pèsent lourdement sur elle. Dame Bathilde ne comprend pas. Tout comme les fées et sa famille, elle veut seulement que Rose continue d'être parfaite.

— Vous pouvez partir, Rose, dit la directrice.

La jeune fille se lève et s'avance en trébuchant vers la

porte. Elle se sent aussi engourdie que lorsqu'elle est entrée, et aussi perplexe. Une seule chose est claire : elle ne veut plus jamais se faire envoyer chez la directrice.

Chapitre Huit

Changement de stratégie

— Depuis combien de temps est-elle là-dedans?
J'espère que tout se passe bien, dit Blanche en
sautillant sur la pointe des pieds.

Raiponce la prend par les épaules pour l'empêcher de
gigoter et de se précipiter dans le bureau de la directrice.
Cela ne ferait qu'aggraver les choses. Les trois amies
attendent Rose depuis la fin du cours.

— Ne t'inquiète pas, dit Raiponce d'un ton rassurant.
Il s'agit de Dame Bathilde, pas de Malodora.

— Dieu merci! s'exclame Blanche. Ma belle-mère
jetterait sûrement un horrible sortilège à Rose!

— Dame Bathilde ne pratique pas la sorcellerie,
réplique Raiponce en lui tapotant le dos. Et elle est
juste. Après tout, ce n'est pas si terrible que ça...

— Peut-être bien que oui, suggère doucement
Cendrillon, un pâle sourire aux lèvres.

Elle a raison. Il est plus pénible de décevoir une
personne qu'on aime qu'une personne qui nous est
indifférente.

Ce qui inquiète le plus Raiponce, toutefois, ce n'est pas tant la réaction de Dame Bathilde, mais plutôt le comportement de Rose en général. Raiponce a applaudi aux étranges initiatives de son amie, croyant que c'était simplement pour s'amuser. Pourtant, on dirait qu'elles amusent tout le monde sauf la principale intéressée. Et maintenant, cela lui cause des ennuis. Décidément, quelque chose ne tourne pas rond.

Sur ces entrefaites, la porte s'ouvre et Rose sort du bureau. Ses amies se jettent sur elle comme un groupe de fées géantes dépourvues d'ailes.

— Ça va? demande Blanche, qui tend la main pour lui lisser les cheveux, mais se ravise à la dernière seconde pour lui placer une main sur l'épaule.

— Qu'est-ce qui s'est passé? l'interroge Cendrillon en la prenant par le bras pour l'entraîner dans le couloir.

— Tu aurais dû voir Mme Grenon essayer de calmer les grenouilles après ton départ, dit Raiponce en souriant, dans l'espoir de dérider son amie. Je crois que les pauvres batraciens avaient peur de servir de pâtée aux cochons!

Mais Rose ne sourit pas.

— S'il vous plaît, arrêtez de m'embêter avec ça.

Côte à côte, les quatre jeunes filles se dirigent vers leurs malles. Raiponce attend que Rose se confie à ses amies, mais elle demeure silencieuse et maussade.

Soudain, Raiponce n'en peut plus.

— D'accord, on arrête, mais tu dois nous expliquer ce qui se passe, déclare-t-elle en se plantant devant Rose et en plongeant son regard dans ses yeux bleu clair. Pourquoi agis-tu de manière si étrange? Est-ce que tout va bien?

L'expression de Rose oscille entre la colère et la tristesse.

— Tout va très bien! lance-t-elle. C'est seulement que je suis excédée de devoir toujours être parfaite! Ça ne peut pas m'arriver de passer une mauvaise journée? J'ai l'impression que les gens attendent davantage de moi que des autres, dit-elle d'une voix douce en courbant les épaules. Quand Gretel grogne comme un cochon, elle ne se fait pas envoyer chez Dame Bathilde, *elle*!

Raiponce hoche la tête. Ce que dit Rose est vrai.

— Ce n'est pas la faute de Gretel si elle ressemble à un cochon, souligne Blanche pour défendre sa camarade.

— Ouais, tu as vu son nez? demande Raiponce en souriant.

— Là n'est pas la question. Moi *non plus*, ce n'est pas de ma faute si je ne suis pas toujours parfaitement parfaite! dit Rose en contournant Raiponce pour se remettre à marcher.

Ses amies lui emboîtent le pas.

— Mais tes dons... commence Cendrillon.

— Je le sais que j'ai des dons! lance Rose, exaspérée. Mais ce n'est pas parce que les fées m'ont accordé des dons que... que ma personnalité se résume à cela! Les gens croient que je suis parfaite à cause de ces dons. Ils ne voient que ça. Ils pensent que je suis exceptionnelle.

Ce n'est pas moi qu'ils aiment : ce sont mes dons. Pourquoi ne peuvent-ils pas m'aimer pour ce que je suis?

— Mais bien sûr qu'ils t'aiment! proteste Blanche. Regarde toutes celles qui veulent t'imiter! ajoute-t-elle en désignant les élèves dans le couloir, dont la moitié porte un échafaudage de mèches emmêlées.

— Justement! Elles ne s'en aperçoivent même pas quand je ne suis pas parfaite! Tout ce qu'elles voient, c'est que je suis « Belle ».

Rose a plissé le nez en prononçant son surnom.

— Quand il s'agit de moi, les gens n'acceptent rien de moins que la perfection, conclut-elle en grimaçant.

— C'est pour cette raison que tu essaies d'être imparfaite? Juste pour montrer qu'ils ont tort? demande Cendrillon.

Rose pousse un grand soupir.

— J'essaie seulement de trouver une façon de leur faire voir la véritable Rose, au-delà de Belle.

Raiponce réfléchit aux paroles de Rose un instant. Elle comprend pourquoi son amie veut montrer aux autres princesses qui elle est vraiment. Mais, à son avis, ce n'est pas en grognant et en se décoiffant qu'elle leur montrera sa vraie personnalité.

— En tout cas, j'espère que tu ne t'attireras pas d'autres ennuis! dit Blanche en se remettant à sauter sur place.

Ses trois amies tendent la main pour l'immobiliser.

— Non, déclare Rose en souriant à ses amies inquiètes. J'ai bien l'intention de ne plus jamais me faire envoyer au bureau de Dame Bathilde!

— Tant mieux, dit Cendrillon d'un air soulagé.

Blanche cesse de sautiller. Raiponce, pour sa part, est rassurée, mais elle a tout de même l'impression que Rose n'a pas fini de faire des siennes.

— Il faut seulement que je change de stratégie, poursuit justement celle-ci. Et je pense que l'endroit idéal pour me débarrasser de l'image de Belle, ce sera au bal masqué des Patenaille! Je n'ai pas encore trouvé mon costume, mais une chose est certaine : personne ne pourra me reconnaître. Alors, tout le monde sera obligé de me juger pour ce que je suis!

Rose arbore un large sourire. En dépit de ses cheveux en broussaille, elle semble redevenue elle-même.

— Personne, hein? Je te parie que je pourrai te reconnaître, moi! affirme Raiponce en croisant les bras avec un air narquois.

— Moi aussi, ajoute Cendrillon.

Blanche hoche la tête avec vigueur, les yeux étincelants.

— Moi non plus, je ne pense pas que vous me reconnaîtrez! dit-elle. J'ai trouvé mon idée ce matin. Je vais me déguiser en...

Raiponce lui met la main sur la bouche.

— J'ai une idée! Gardons nos costumes secrets. Nous essaierons de nous reconnaître le soir du bal.

— Ce sera un jeu d'enfant de t'identifier, affirme Rose en désignant l'énorme natte enroulée sur la tête de Raiponce.

— C'est ce que tu crois... dit Raiponce en souriant.

Elle adore les jeux et celui-ci promet d'être très amusant!

— Êtes-vous prêtes à relever le défi? demande-t-elle à ses amies.

Toutes hochent la tête en souriant, les yeux brillants. Les événements du dernier cours sont maintenant choses du passé.

Chapitre Neuf
Le costume idéal

Rose ne cesse de tremper sa plume dans l'encrier, pour ensuite laisser couler le liquide noir dans la bouteille de cristal taillé. Cela fait deux jours consécutifs que les Chemises se voient accorder du temps pour se préparer aux examens. Et c'est la deuxième journée que Rose passe à réfléchir à un costume pour le bal masqué. Elle est passée des personnages historiques aux animaux de la ferme, sans oublier les fleurs de jardins, et elle n'a toujours pas trouvé le costume idéal. « Une vache? Non. Un cochon? Après tout, je sais déjà grogner! » pense-t-elle.

Elle se trémousse sur son siège en se remémorant le regard calme et froid de Dame Bathilde. Depuis sa rencontre avec cette dernière, elle n'a pas recommencé ses grognements. Comme elle l'a promis à ses amies, elle ne s'est pas attiré d'ennuis et ne s'est pas fait envoyer au bureau de la directrice. Ce qui ne veut pas dire qu'elle a abandonné pour autant l'idée de ternir sa réputation de perfection.

Tout en réfléchissant à son image imparfaite, elle laisse tomber une goutte d'encre sur sa manchette de dentelle. « Je pourrais peut-être me déguiser en peintre », se dit-elle. Elle fait un croquis qui la représente vêtue d'un sarrau de peintre, avec un masque en forme de palette de peinture. Toutefois, son visage n'est pas assez couvert. Retour à la case départ.

Rose lève la tête et observe ses camarades, plongées dans leurs livres. À deux pupitres de là, Cendrillon se hâte de recopier des notes de troisième année qu'elle a empruntées. Elle souligne les questions qu'elle veut poser à ses demi-sœurs. À côté d'elle, Blanche est si absorbée par le livre *Princesses d'hier et d'aujourd'hui* que le bout de sa langue dépasse au coin de sa bouche, un geste très mal vu pour une princesse. Même Raiponce se concentre tout en faisant une natte à quatre brins avec une de ses mèches.

Rose se demande si ses amies ont trouvé leur costume. Elle commence un autre croquis où elle est déguisée en ménestrel, tout en gardant un œil sur Mme Garabaldi, qui se promène parmi les élèves.

En se déplaçant dans les allées, la professeure jette un coup d'œil aux travaux des princesses. Quand elle remarque une erreur, elle la désigne de l'index, tout en détournant les yeux, comme si cette vue la peinait. Elle se contente d'indiquer les fautes et ne donne jamais la réponse. Les élèves doivent la trouver elles-mêmes.

La professeure attire discrètement l'attention de Blanche en portant la main au coin de sa propre bouche.

La jeune fille s'empresse de rentrer le bout de sa langue en rougissant.

Au pupitre de Cendrillon, l'enseignante ne souligne aucune erreur, mais s'attarde un peu plus longtemps pour lire par-dessus son épaule. En voyant son expression changer presque imperceptiblement, Rose oublie ses problèmes un instant et s'inquiète pour Cendrillon. Est-ce que son amie va avoir des ennuis parce qu'elle néglige ses études pour aider ses demi-sœurs? Et même si Mme Garabaldi ne lui fait pas de réprimandes, comment Cendrillon pourra-t-elle réussir ses examens si elle passe son temps à étudier le programme de troisième année? Rose voudrait faire quelque chose pour aider son amie, mais quoi? « Mes dons sont parfaitement inutiles dans une situation comme celle-ci », constate-t-elle avec un sentiment d'impuissance. Elle est soulagée de voir l'enseignante s'éloigner du pupitre de Cendrillon sans un mot.

Mme Garabaldi passe à côté de Raiponce. Elle est presque arrivée au pupitre voisin quand ses doigts gantés apparaissent devant le visage de Raiponce, brandissant une mèche rebelle excessivement longue. Avec un soupir d'exaspération, Raiponce saisit brusquement la mèche et recommence sa tresse. Rose adresse un sourire à Raiponce et se penche de nouveau sur son croquis.

Elle ne lève pas les yeux, même quand une ombre se projette sur son dessin. Elle est perdue dans sa rêverie, dessinant des silhouettes costumées qui dansent aux quatre coins de son parchemin. Elle imagine des rois, des reines, des princes et des princesses dissimulés derrière leurs masques, lui demandant tour à tour : « Mais qui êtes-vous? »

La jeune fille sursaute en entendant le clappement désapprobateur de sa professeure. Cette dernière se dresse devant elle en haussant les sourcils. Elle semble sur le point de dire quelque chose, mais ses lèvres demeurent immobiles et elle poursuit son chemin.

Rose laisse échapper un soupir, soulagée de ne pas avoir été sermonnée. Pourtant, elle éprouve une légère déception. Pourquoi la professeure ne lui a-t-elle pas ordonné d'étudier? De toute évidence, même la plus stricte enseignante de l'école est persuadée que Rose réussira les examens haut la main. Rose est certaine que toute autre Chemise qui aurait été surprise en train de dessiner aurait été sévèrement réprimandée. « Mes dons me donnent droit à un traitement de faveur », se dit-elle amèrement.

Elle laisse tomber une goutte d'encre et la regarde s'étaler inégalement sur le parchemin. On dirait des cheveux... Elle replonge dans sa rêverie en contemplant la vilaine tache dentelée qui s'étend sur le parchemin intact.

Ça y est! Elle a trouvé! Elle ne sera ni une vache, ni une artiste, ni une truie. Elle va devenir l'opposé de la beauté : elle va se transformer en bête!

Chapitre Dix
En avance ou en retard?

Cendrillon incline la tête tout près de son parchemin et continue d'écrire à toute vitesse. Elle a mal à la main d'avoir écrit durant toute la période; c'est la seule occasion qu'elle a de recopier les notes dont elle a besoin pour faire réviser Javotte et Anastasie. Ses demi-sœurs sont trop paresseuses pour prendre des notes elles-mêmes, et la Crinoline qui lui a prêté les siennes en a besoin pour étudier.

« Tant pis pour mes propres études », se dit amèrement Cendrillon.

Une sonnerie de trompette annonce la fin du cours. Cendrillon n'a pas tout à fait terminé. Elle s'empresse de parcourir le dernier paragraphe sur la reine Prétentaine et son fils, l'horrible Horace. Ce prince était aussi paresseux que Javotte et Anastasie mises ensemble.

Cendrillon rassemble les parchemins et les livres, puis se hâte dans le couloir. Voilà la deuxième période qu'elle consacre à l'étude du programme de troisième année. Avec ses corvées à la maison, elle n'a pas une minute pour étudier en prévision de ses examens. Sans compter qu'elle n'a pas encore commencé son costume pour le bal!

Heureusement qu'elle a une bonne idée pour son déguisement. Une excellente idée, même. Si seulement elle parvient à rester éveillée après avoir fait réviser ses demi-sœurs ce soir, elle pourra peut-être s'occuper de son costume. Mais d'abord, il lui faut trouver des plumes.

Elle se précipite vers les malles des Crinolines. Ses chaussures de suède doré glissent doucement sur le carrelage rose et blanc.

— Merci beaucoup, Stéphanie, dit-elle, essoufflée, en tendant une pile de parchemins à une Crinoline.

— Je t'en prie, répond Stéphanie en lui souriant chaleureusement. Mais je fais ça pour toi, pas pour tes sœurs!

Cendrillon lui sourit à son tour, puis tourne les talons. Elle est presque parvenue à sa classe quand elle rencontre ses amies. Elles sont radieuses. La jeune fille comprend aussitôt qu'elles complotent quelque chose.

— Raiponce a eu une idée pour t'aider à préparer tes demi-sœurs... dit Blanche, qui s'interrompt en voyant Raiponce agiter la tête d'un air fort peu princier.

Cendrillon se retourne et aperçoit Anastasie et Javotte qui s'avancent d'un air important dans le couloir.

— Tes trucs de beauté sont vraiment incroyables, Rose, dit Raiponce d'une voix forte.

Cendrillon lui jette un regard surpris. Depuis quand

s'intéresse-t-elle aux trucs de beauté?

Rose lui fait un clin d'œil.

— Oh! je les ai trouvés dans le livre que tient Cendrillon, répond-elle.

— Vraiment? demande Raiponce en posant la main sur sa poitrine d'un air faussement étonné. Tu veux dire que, pour apprendre tous tes trucs, je n'ai qu'à mémoriser le contenu de ce livre?

— Exactement, déclare Rose. Mais je t'en prie, n'en parle à personne!

Une seconde plus tard, Javotte et Anastasie se jettent sur Cendrillon et lui arrachent le livre des mains.

— Donne-moi ça! siffle Anastasie.

— Avec plaisir, dit Cendrillon en dissimulant un sourire.

Le livre s'intitule *Robes et parures*. Mais Anastasie et Javotte sont de si piètres élèves qu'elles ne reconnaissent même pas leur propre livre de classe.

— C'est moi qui l'avais la première! proteste Javotte en essayant de reprendre le livre des mains d'Anastasie.

Les deux sœurs s'éloignent dans le couloir en jappant comme deux chacals qui se disputent une charogne.

Lorsqu'elles sont hors de vue, les quatre amies éclatent de rire.

— C'était brillant! Raiponce, tu es géniale! lance Cendrillon en souriant à ses amies d'un air reconnaissant. Merci, merci! dit-elle en les serrant dans ses bras.

— De rien, dit Raiponce, les yeux brillants.

Blanche les entraîne dans le couloir.

— Venez, dit-elle. C'est l'heure du cours d'histoire.

Les quatre filles se dépêchent d'entrer en classe et de prendre leurs sièges. De chaque côté de Cendrillon, les princesses ont déjà ouvert leurs livres au chapitre portant sur la bienséance au Moyen Âge. Cendrillon ouvre le sien à la bonne page, celle où l'on voit plusieurs princesses vêtues de sous-vêtements à l'allure austère.

— La tenue correcte des princesses du XIIᵉ siècle était plutôt, comment dirais-je, élaborée, déclare Mme Istoria. Pourtant, une princesse n'aurait jamais quitté ses appartements sans être correctement vêtue.

— Regardez ce corset! s'exclame une élève en désignant une illustration qui montre une princesse aux cheveux noirs affublée d'un corset à baleines rigides.

— Plutôt primitif! renchérit Blanche en gloussant.

Cendrillon contemple l'image devant elle. Il est vrai que le corset a l'air terriblement inconfortable.

— C'est surtout ce que les princesses portaient *par-dessus* leur corset qui était inconfortable, dit-elle. Il y avait tellement de couches de vêtements que de nombreuses princesses défaillaient sous leur poids. Il y a même eu une époque où les familles royales avaient des serviteurs dont la seule tâche était de les aider à se vêtir et à se dévêtir!

Mme Istoria lève les yeux, surprise.

— Je vois que quelqu'un a pris de l'avance, constate-t-elle en souriant.

Cendrillon rougit en entendant le compliment de

l'enseignante. « Au moins, si je suis en retard pour le programme des Chemises, je connais bien celui des Crinolines! » se dit-elle.

Elle se redresse sur sa chaise, avec la ferme intention d'être attentive pendant le reste du cours. C'est sa seule chance de réviser avant les examens! Mais elle est tellement fatiguée...

Quand la dernière sonnerie retentit, Cendrillon a l'impression d'avoir les pieds lourds comme du plomb. Elle est si épuisée qu'elle a peine à se rendre à sa malle. Pour la première fois de l'année, elle aimerait pouvoir revenir à la maison en carrosse avec ses demi-sœurs, même s'il lui faudrait supporter leur présence. Bien sûr, elles n'accepteront jamais. Cendrillon fait toujours le trajet à pied.

— Tu as l'air épuisée, Cendrillon, dit Raiponce pendant que les élèves rassemblent leurs capes, leurs livres et leurs parchemins. Veux-tu que Stéphane et moi te raccompagnions à la maison?

— Avec plaisir, répond Cendrillon en étouffant un bâillement. Comme ça, je ne tomberai pas endormie sous un arbre en route!

— Ça arrive souvent à Dormeur! dit Blanche en refermant sa malle. Il s'endort n'importe où! Hier, il est même tombé endormi dans son bol de soupe!

Cendrillon pouffe de rire, tout en suivant ses amies vers la sortie. Blanche a toujours des anecdotes à raconter sur les nains.

— Où est Rose? demande Cendrillon en regardant

autour d'elle.

Elle est si fatiguée qu'elle vient seulement de remarquer l'absence de son amie.

— Elle est partie juste après la sonnerie, explique Raiponce. Elle a dit qu'elle devait travailler à son costume.

— Oh! s'écrie Blanche. J'ai déjà tout ce qu'il faut pour mon...

— Chut! font aussitôt ses amies.

— C'est un secret, ne l'oublie pas, ajoute Cendrillon.

Blanche se plaque une main sur la bouche en hochant la tête à plusieurs reprises, les yeux écarquillés comme des soucoupes.

Les trois amies sortent sur le parvis baigné d'une chaude lumière automnale. Tenant toujours une main sur sa bouche pour ne pas laisser échapper son secret, Blanche leur fait au revoir de l'autre main et s'engage en gambadant sur le pont-levis. Raiponce prend le bras de Cendrillon et la conduit vers l'arbre où les attendent Stéphane et Pat. Cendrillon est réconfortée à la vue des deux garçons. Stéphane est toujours de compagnie agréable, et elle a hâte de mieux connaître son nouvel ami.

— Nous allons raccompagner Cendrillon chez elle, déclare Raiponce aux deux princes.

— Avec grand plaisir, dit Stéphane en s'inclinant galamment.

— Bien entendu, renchérit Pat.

Les quatre jeunes gens traversent le pont et prennent

le sentier qui mène au manoir du père de Cendrillon.

— Comment avance la confection de ton costume, Cendrillon? demande Raiponce.

Avec précaution, la jeune fille contourne Pat, qui a soulevé une branche pour la laisser passer.

— J'ai une idée, mais...

— Oups! lance Pat qui vient de trébucher sur une grosse racine de chêne.

Il lâche la branche, qui retombe et manque de renverser les deux jeunes filles.

— Bravo, Pat! le taquine Raiponce quand il se remet debout. Est-ce qu'il s'agit d'une nouvelle offensive de combat?

— Ce sentier est traître, dit Stéphane pour défendre son ami. Et Pat n'est jamais venu par ici.

Cendrillon sourit. Stéphane est un ami loyal et son argument est valable.

Pat toussote :

— Ce n'est pas grave, Stéphane. Elles m'ont démasqué! Je suis aussi maladroit que grand, admet-il en riant. Mais nous parlions du costume de Cendrillon...

Il soulève de nouveau la branche pour permettre à Raiponce de passer.

Cendrillon a un petit rire. Elle doit reconnaître que Pat est très gentil, quoique original. Il est beaucoup plus charmant qu'elle ne l'aurait cru. En plus, il est drôle.

— Comme je le disais, j'ai une idée pour mon costume, mais je manque de temps pour le fabriquer. Kastrid m'oblige à servir de tutrice à Javotte et Anastasie

65

chaque fois que j'ai une minute de libre.

La jeune fille pousse un soupir de frustration.

— Pourquoi ne nous laisses-tu pas t'aider? demande Raiponce quand ils arrivent à la grille de fer forgé qui entoure le domaine. Je pourrais peut-être faire réviser les chipies à ta place?

Cendrillon reconnaît la lueur malicieuse dans le regard de son amie.

— Non, merci, répond-elle en souriant.

Ce serait amusant de jouer un tour à ses méchantes demi-sœurs, mais ce serait moins drôle d'en payer le prix si elles échouaient.

— Par contre, vous pouvez m'aider pour un autre projet, reprend-elle.

Raiponce, Stéphane et Pat sont tout oreilles. Cendrillon est touchée par leur désir de lui être utile. Ses amis, même le dernier en date, sont vraiment merveilleux.

— J'ai besoin de toutes les plumes que vous pourrez trouver dans la volière et le poulailler, dit-elle. Pourriez-vous les ramasser et les laisser à la porte de la cuisine?

— Bien sûr, chère damoiselle, dit Stéphane en souriant.

Après avoir fait une révérence – et un faux pas, pour l'un d'entre eux –, le trio se dirige vers le poulailler.

Chapitre Onze
Pas bête!

Rose tambourine de ses doigts fins sur son écritoire aux pieds courbés. Ses parchemins et ses livres sont étalés devant elle, mais elle les a repoussés après les avoir sortis. Seul son parchemin à croquis retient son attention.

Elle promène son fusain sur le parchemin rose pâle, ajoutant des courbes et de minuscules détails à son dessin. Elle met la dernière main au croquis de son costume de bête pour le bal masqué. Bientôt, elle pourra commencer à le confectionner.

La jeune fille tient son dessin à bout de bras pour mieux l'admirer.

— Parfait! s'exclame-t-elle, avant de grimacer devant le mot qu'elle a utilisé. Abominable, je veux dire!

Un léger bourdonnement s'élève derrière elle. Un instant plus tard, un essaim de fées l'entoure.

— Pouah! s'écrie Pétunia en regardant le dessin de Rose. Comme c'est laid!

— Quelle horrible créature! renchérit Dahlia.

— Qu'est-ce que c'est, au juste? demande Tulipe.

— Pourquoi as-tu utilisé un si beau parchemin? demande Violette.

— C'est une bête! réplique Rose avec fierté. C'est mon déguisement pour le bal masqué.

— Oh non! proteste Pensée. Tu ne peux pas aller au bal déguisée en bête immonde! Je suis certaine que les gens s'attendent à ce que tu incarnes une créature ravissante et merveilleuse, comme un papillon ou une licorne.

— Eh bien, ils devront s'habituer, car je ne serai pas belle! riposte Rose. Je serai une bête!

Pensée et Tulipe lui prennent le croquis des mains. Rose a envie de le reprendre, puis se ravise. Inutile d'énerver ses fées. De plus, elle est si satisfaite de leur réaction qu'elle décide de leur faire plaisir... pour le moment.

— As-tu besoin d'aide pour étudier, ma chérie? demande Marguerite en inclinant la tête de côté.

Violette tire sur le coin d'un parchemin, ses ailes battant furieusement dans ses efforts pour le dégager de la pile.

— Nous pouvons te faire réviser, si tu veux, propose-t-elle.

— Nous savons que tu réussiras avec brio, mais cela ne fait pas de mal de se préparer, insiste Tulipe.

Rose sait que ses fées ont raison. Il est toujours bon d'être préparé. En ce moment, toutefois, elle est trop préoccupée par son costume pour étudier. De plus, il reste encore plusieurs jours avant les examens. Elle a tout le temps d'étudier.

— J'ai déjà étudié à l'école, ment-elle.

Elle se sent coupable dès que les mots sortent de sa bouche. Elle n'a jamais dit le moindre petit mensonge à ses fées, même pieux. Alors qu'elle hésite à rectifier ses paroles, elle entend de petits coups à la porte.

Une bonne passe la tête dans l'embrasure et annonce :

— Le souper est servi!

Rose se lève et suit la bonne jusqu'à la salle à manger. Le repas est délicieux, comme d'habitude, mais Rose n'a aucun appétit. Elle promène sa fourchette d'argent dans son assiette de porcelaine sans la porter à sa bouche.

— Es-tu inquiète à cause des examens, mon ange? demande la reine.

Rose hausse les épaules sans répondre.

— Tu n'as rien à craindre! tonne son père. Je suis certain que tout ira bien!

Il tend la main pour tapoter celle de sa fille.

— Comme tout le monde, dit Rose d'un ton boudeur.

Ses parents ne semblent pas l'avoir entendue.

— Voyons, Rose, redresse-toi! ordonne sa mère d'un ton surpris. Ce n'est pas joli de courber le dos comme ça! Ça ne te ressemble pas. Est-ce que tu te sens bien, ma chérie?

« Quand je serai une bête, je pourrai prendre la posture que je voudrai », pense Rose.

Tout à coup, la perspective de rester à table un instant de plus, à se comporter selon les attentes de ses parents, lui paraît une véritable torture. Elle voudrait s'échapper et aller sans tarder confectionner son costume. Mais d'abord, elle doit se procurer les éléments de son déguisement.

— Papa, puis-je avoir l'un de vos vieux manteaux de fourrure? demande-t-elle.

Le roi hoche la tête d'un air absent.

— Bien entendu, ma petite Rose. Mais il me ferait plaisir de t'en acheter un neuf. Une fourrure fauve, peut-être, qui s'harmoniserait avec ta jolie chevelure?

— C'est très généreux, père, mais ce ne sera pas nécessaire, dit-elle en prenant une petite bouchée de viande. Votre vieille fourrure fera l'affaire. Puis-je sortir de table?

— Tu n'as presque rien mangé, constate sa mère en lui jetant un regard bienveillant. Mais je suppose qu'il est normal de ne pas avoir d'appétit à l'approche des examens. Va, mais n'étudie pas trop tard, ma chérie.

— C'est promis, dit Rose avec un petit sourire narquois.

Elle repousse sa chaise avec tant de vigueur que son père lève les yeux de son rosbif.

Rose soulève ses jupes et court jusqu'à l'armoire qui contient les fourrures de son père. Après en avoir examiné plusieurs, elle arrête son choix sur une épaisse fourrure brune mangée par les mites. Ce sera parfait.

Elle ramène le lourd manteau à sa chambre et se met au travail. Elle découpe d'abord de longues lanières à l'avant du manteau, puis coud l'ouverture à l'avant du vêtement maintenant plus étroit. Ensuite, elle fait une couture au centre, assemblant l'avant et l'arrière pour créer une espèce de combinaison-pantalon. Elle doit utiliser une grosse aiguille et du fil à broder, et le travail progresse lentement. Chaque fois qu'elle enfonce l'aiguille dans l'épais tissu, Rose est reconnaissante à ses parents de l'obliger à porter un dé à coudre à chaque doigt quand elle coud à la maison.

Tout en nouant le fil, la jeune fille se demande ce que ses amies vont porter au bal masqué. Vont-elles la reconnaître sous son costume de bête? Sont-elles en train de préparer leur propre déguisement, en ce moment?

« Pauvre Cendrillon, pense Rose. Où va-t-elle trouver le temps de préparer son costume avec toute la révision qu'elle doit faire? »

Rose observe les parchemins étalés sur son bureau et se sent soudain coupable de négliger ses études. Elle n'a pas vraiment menti à ses parents à table, mais presque. Cela fait deux mensonges dans la même journée.

Elle applique un peu de colle sur le masque à bordure dorée qu'elle a déniché au fond d'une malle dans l'écurie, puis le recouvre d'un morceau de fourrure. Alors qu'elle tend la main vers une autre retaille, elle entend les paroles de Dame Bathilde dans sa tête : *Pour une princesse, le plus important est de demeurer soi-même... Il est essentiel que tu fasses voir la véritable Rose. Es-tu fidèle à toi-même?*

« Suis-je fidèle à moi-même? » se demande Rose. D'une certaine manière, elle pense l'être. Elle fait quelque chose qui lui tient à cœur. C'est cela, être fidèle à soi-même. Cependant, elle a des doutes. Elle se sent mal d'avoir menti, même pour obtenir ce qu'elle voulait. Elle sait qu'elle devrait étudier. Les examens auront lieu deux jours après le bal masqué. Même si elle a beaucoup de facilité à l'école, Rose a toujours fait ses devoirs avec application et s'est constamment efforcée de faire de son mieux. Jusqu'à aujourd'hui.

— Je vais réviser aussitôt que j'aurai terminé mon déguisement, dit-elle à haute voix en collant un bout de fourrure sur le masque. Même si je ne fais pas de mon mieux, je suis certaine que cela suffira.

Chapitre Douze

Prête-moi ta plume...

Raiponce ramasse un panier à œufs à côté de la porte et se penche pour entrer dans le poulailler. Le plafond est encore plus bas que celui de la maisonnette de Blanche!

— Cot, cot, cot! caquettent les poules à l'intérieur.

Les yeux de Raiponce, Pat et Stéphane s'habituent peu à peu à l'obscurité ambiante.

— Oh là là! Le père de Cendrillon prend l'aviculture au sérieux! dit Stéphane. Il y a beaucoup de poules ici!

Deux des murs du poulailler sont couverts de pondoirs individuels, dont la plupart contiennent un œuf.

Pat tend la main vers le panier de Raiponce :

— Je vais ramasser quelques œufs...

Paf! Il se cogne la tête à une poutre.

Raiponce réprime un sourire en lui donnant le panier. Stéphane et elle se mettent à ramasser les plumes blanches qui tapissent le sol du poulailler.

— Aïe! s'écrie Pat en se heurtant de nouveau la tête.

Il laisse échapper un œuf, qui se fendille et répand lentement son contenu sur le sol.

— Qui veut des œufs brouillés? demande-t-il gaiement en se frottant la tête.

Raiponce éclate de rire en ramassant quelques plumes rectrices dans un compartiment vide.

— Non, merci, dit-elle. Je les préfère pochés!

Elle trouve Pat de plus en plus sympathique. Elle est heureuse que Stéphane ait un ami à l'École de charme.

Malgré ses mésaventures, Pat a presque rempli son panier. De son côté, Raiponce a les poches pleines de plumes.

— Allons à la volière, suggère Stéphane. Au moins, on peut s'y tenir debout.

— Tant mieux, dit Pat en se frottant la tête.

Raiponce plisse les yeux en sortant au soleil, puis conduit les garçons à la volière, au fond du jardin. Le père de Cendrillon a une passion pour les oiseaux. Il a construit un grand enclos qui comprend un étang. On y trouve plusieurs espèces : paons, perroquets, toucans, mésanges...

Raiponce entre à l'intérieur. Pat doit se pencher légèrement pour franchir la porte, mais une fois dans la volière, il peut se redresser sans problème.

— Regardez ça! s'exclame Raiponce en brandissant une plume rectrice.

Elle se met à ramasser les autres grandes plumes qui jonchent le sol.

— Je me demande ce que Cendrillon veut faire de ces

plumes, dit Stéphane en prenant une petite plume sur un rocher, près de l'étang.

— Peut-être que Kastrid veut un boa en plumes, suggère Pat.

— J'aimerais lui donner un autre type de boa, déclare Raiponce en fronçant les sourcils. Tu sais, du genre constricteur... Cette femme traite Cendrillon comme un chien.

Tout en ramassant les dernières plumes, Raiponce se dit qu'elles serviront sûrement au costume de son amie. Elle se sent coupable de ne pas avoir encore trouvé son déguisement. Si Cendrillon, la fille la plus occupée qu'elle connaisse, a trouvé une idée, elle n'a aucune excuse de n'avoir encore rien fait.

— Ramenons toutes ces plumes au manoir, dit Stéphane.

Il a tourné sa cape à l'envers pour en faire une espèce de hamac où il a déposé sa récolte. Quelques plumes rebelles dépassent des ouvertures sur les côtés.

— Si Cendrillon a terminé ses corvées, peut-être que Kastrid lui accordera du temps pour elle, ajoute-t-il.

Les trois amis vont déposer leur butin à la porte de la cuisine du manoir.

— J'espère que ce sera suffisant, dit Pat en se tournant pour partir.

— C'était tout ce qu'il y avait, répond Stéphane. Nous avons ramassé jusqu'à la dernière plume!

Raiponce demeure étrangement silencieuse en suivant les garçons. Elle réfléchit à son costume. En quoi pourrait-elle bien se déguiser? En sorcière?

« Je suis certaine que Mme Gothel me prêterait une robe et m'apprendrait un ou deux sortilèges, pense-t-elle. Mais si quelqu'un me confondait avec une fille de Grimm? » Raiponce frissonne. Les élèves de l'école Grimm sont vraiment sinistres. La jeune fille secoue la tête. Non, elle doit trouver autre chose. Les sorciers et les sorcières ne sont pas invités au bal. Ce serait terrible si on lui refusait l'entrée à cause de son costume.

— Je sais! s'écrie-t-elle soudain en claquant des doigts. Il faut que j'aille chez toi pour t'emprunter un ou deux trucs, dit-elle en se tournant vers Stéphane.

Le garçon se croise les bras sur la poitrine.

— Qu'est-ce que tu veux, au juste? demande-t-il en plissant les yeux.

— Quelques vêtements, c'est tout, répond-elle d'un ton innocent. Oserais-tu refuser une faveur à une demoiselle?

— Tu m'as toujours envié mes culottes de cheval! la taquine Stéphane. Mais ne va pas t'imaginer que le fait de t'habiller en prince te fera entrer à l'École de charme!

— Je n'y avais pas pensé, dit la jeune fille en souriant, le poing sous le menton. Mais je vais prendre tes culottes de cheval, une tunique et... un heaume.

Chapitre Treize
Cache-cache

« Atchoum! » Rose éternue en glissant le masque et le capuchon de fourrure sur sa tête. Plissant les yeux derrière les fentes du masque, elle recule pour observer son costume dans le grand miroir au cadre doré. Le grand jour est enfin arrivé. Rose est heureuse de l'allure hideuse de son déguisement. Il est vraiment horrible!

Elle se regarde longuement. Affublée de vieilles bottes de jardinage couvertes de fourrure, sans oublier les dents jaunes et les griffes qui agrémentent sa bouche et ses pattes, elle a vraiment l'apparence d'une bête. Aucune parcelle de Belle ne subsiste. Elle a même frotté de la sève et du goudron sur la fourrure pour que les poils aient l'air emmêlés.

— Est-ce que j'ai entendu un éternuement? crie Pétunia du couloir.

— Tu ne devrais pas sortir si tu es malade, dit nerveusement Bouton d'or, qui entre en bourdonnant dans la pièce.

Elle voltige jusqu'à Rose et s'évanouit à sa vue. Pensée et Marguerite descendent en piqué et attrapent la petite fée jaune, juste avant qu'elle ne touche le sol.

Pensée frissonne en regardant le costume de Rose et détourne la tête.

— Voyons, Rose, tu ne devrais pas nous faire peur comme ça! proteste la fée en essuyant le front de Bouton d'or avec un minuscule mouchoir violet. Que vont penser tes parents?

C'est ce que Rose se demande. Et que vont penser les autres, ceux qui ne sauront pas qui se cache sous la fourrure?

— Je suis désolée, Bouton d'or, marmonne la princesse.

Elle se penche pour lui caresser la tête, mais retire aussitôt sa main en voyant les fées reculer devant ses fausses griffes.

— Pardon, dit-elle.

Elle est *vraiment* désolée, mais sous son costume, son cœur bat d'excitation. Son plan fonctionne! Elle provoque déjà une réaction différente!

Ploc! Ploc! Elle se dirige d'un pas lourd et bruyant vers l'escalier. Elle doit marcher en se traînant un peu les pieds pour ne pas perdre ses lourdes bottes, trop grandes pour elle. Cette démarche ne fait qu'ajouter à l'effet du costume. Elle commence à descendre et voit ses parents qui l'attendent au pied de l'escalier. Déguisés en pièces d'échecs, ils portent des costumes entièrement blancs aux contours anguleux. Le maquillage appliqué sur leurs joues et leurs lèvres constitue l'unique touche de couleur.

Le roi Hector est le premier à apercevoir sa fille. Il passe instinctivement un bras autour de sa femme pour la soutenir. Celle-ci se retourne et pousse un cri. Rose est certaine qu'elle se serait enfuie si son mari ne l'avait pas retenue d'une poigne ferme.

— Rose, c'est bien toi? demande le roi d'une voix anormalement timide.

— Oui, père, répond Rose, qui sourit derrière son masque en descendant les dernières marches d'un pas lourd.

— Ma chérie, qu'as-tu fait? gémit la reine. Pourquoi veux-tu cacher ton admirable beauté?

Rose fait la grimace sans répondre.

— Tu as l'air... très poilue, dit son père, qui cherche une façon de la complimenter.

— Merci, lui répond Rose avec un sourire radieux.

Le roi lui tapote affectueusement le dos avant de prendre le bras de sa femme.

— Allons-y, dit-il en conduisant sa famille au carrosse.

Assise sur le siège de velours rouge en face de ses parents, Rose se détend. Elle ne peut pas s'empêcher de sourire devant les regards nerveux que lui lance sa mère à la dérobée. Elle ne sait pas trop ce qui l'attend à la réception, mais elle se sent plus libre qu'elle ne l'a jamais été auparavant.

Lorsque les pages ouvrent la porte à double battant de la salle de bal des Patenaille, Rose pose sa patte velue sur le bras de son père pour se ressaisir. La grande salle est la plus splendide qu'elle ait jamais vue. La jeune fille a un frisson de ravissement malgré la chaleur de son costume.

Des banderoles de soie flottent gracieusement au plafond entre d'imposantes colonnes sculptées. Des tables de banquet sont chargées de somptueuses pyramides de victuailles. Des boissons jaillissent des fontaines disposées tout autour de la pièce. Cependant, même l'incroyable étalage de nourriture n'est rien en comparaison des invités aux costumes plus fantaisistes et élaborés les uns que les autres. Rose en a la tête qui tourne. Elle reconnaîtrait peut-être ses amies sous leurs costumes, mais il lui faudrait d'abord les retrouver dans cette foule. On dirait que les têtes couronnées de plusieurs royaumes se sont donné rendez-vous pour les festivités!

Rose tapote le bras de son père avant de s'éloigner. Rester aux côtés de ses parents ne ferait que révéler son identité.

— Sois prudente, ma chérie! lance sa mère quand Rose disparaît dans la foule.

Tout en se frayant un chemin vers l'escalier, Rose plonge son regard dans plusieurs paires d'yeux derrière des masques. Elle ne reconnaît personne.

— Cherchez-vous un prince ou coâ? demande un crapaud en réponse à son regard insistant.

— Non, une princesse, répond Rose.

Elle ne veut pas s'attarder, mais le batracien a un regard amical.

— Est-ce que je peux vous aider? demande le crapaud.

Il fait un bond de côté pour laisser passer un serviteur chargé d'un plateau de flûtes en cristal et manque d'écraser le pied de Rose.

— Que porte la princesse en question? reprend le batracien.

— Justement, je l'ignore, explique Rose. Je n'ai aucune idée de leurs costumes.

— Ah bon, vous cherchez plusieurs princesses, conclut le batracien. Amies ou ennemies?

— Amies, bien sûr, dit Rose en regardant autour d'elle.

Elle n'est plus pressée de se débarrasser du crapaud bavard. Il est amusant, quoiqu'un peu bizarre. Il a l'air de la trouver sympathique, même s'il n'a aucune raison de savoir qu'elle est Belle. Rose s'aperçoit avec surprise qu'elle apprécie sa compagnie, sans savoir de qui il s'agit.

— Qui êtes-vous? demande-t-elle soudain, piquée par la curiosité.

— Les dames d'abord, déclare le crapaud en s'inclinant.

Il doit aussitôt porter ses mains à sa grosse tête couverte de verrues pour la remettre d'aplomb.

— Je vous ai posé la question en premier, insiste Rose d'un ton taquin.

— La beauté avant la sagesse, soupire le crapaud d'un air faussement vaincu. Ou est-ce le contraire?

Il se gratte le front au-dessus des faux yeux

protubérants qui surplombent ses véritables yeux verts au regard amical.

Le cœur de Rose s'accélère en entendant le mot « beauté ». Puis elle comprend qu'il se trouve plus beau qu'elle! Il blaguait, tout simplement!

— Je crois que c'est la beauté avant l'*âge*, dit Rose. Et si j'en crois vos rides, vous devez être plus âgé que moi.

Elle pose un doigt griffu sur la substance caoutchouteuse verte qui recouvre le cou du batracien.

— Je ne sais pas si cette peau ridée est vieille, mais je peux vous dire qu'elle est étouffante! confie le crapaud en s'éventant de sa main palmée.

Rose hoche la tête.

— Il fait tout aussi chaud sous ce capuchon de fourrure! Mais vous contournez la question!

— Je l'avoue, chère bête. Je l'avoue. Même si ce costume est chaud et inconfortable, j'aime bien m'y dissimuler.

Le batracien s'approche d'un fauteuil et s'y écroule avec un grincement caoutchouteux.

— Je trouve bien plus facile de me cacher sous un masque que d'être moi-même. *Ça*, c'est plus difficile, vous ne trouvez pas?

— Oui, c'est vrai, marmonne Rose, estomaquée.

Elle s'assoit à côté du mystérieux prince amphibie. Ses paroles commencent à ressembler à celles de Dame Bathilde. Et il a l'air de savoir exactement ce qu'on ressent quand on est prisonnier malgré soi de sa réputation.

— Je suis heureux d'avoir fait votre connaissance, dit le crapaud. Maintenant, vous voudrez bien m'excuser, mais je vais aller me rafraîchir à l'étang aux nénuphars.

Il se lève et fait mine de s'incliner vers elle, mais elle l'en empêche avant que sa tête ne bascule.

— Tout le plaisir était pour *moi*, monsieur le Crapaud, lui répond-elle. Bonne baignade.

Avec regret, elle le regarde s'éloigner sur ses longues pattes arquées. Qui qu'il soit, il fait un crapaud bien sympathique. « Il ferait aussi un excellent ami », pense-t-elle. Il semblait vraiment aimer la personne dissimulée sous sa fourrure mitée. Il ne lui a certainement pas adressé la parole à cause de son apparence! Rose est impatiente de raconter son aventure à Blanche, Raiponce et Cendrillon.

En se levant pour poursuivre ses recherches, elle se coince la botte dans un pied de chaise. Heureusement, un bras couvert d'écailles violettes la retient. Rose se retourne et aperçoit un dragon.

— Puis-je vous aider? demande une voix familière.

— Ce costume est un peu encombrant, admet-elle. Et je ne vois pas grand-chose derrière ce masque étouffant.

— Comme je vous comprends, dit le dragon en lui offrant son bras. Peut-être que ça ira mieux à deux? Ou préféreriez-vous que j'aille vous chercher à boire, chère bête mystérieuse?

Si la voix était le premier indice, cette touche de courtoisie dévoile la véritable identité du personnage. Rose plonge son regard dans les yeux du dragon et n'a plus aucun doute : il s'agit de Stéphane! Comme cela lui ressemble de faire semblant de ne pas la reconnaître!

— Ne vous donnez pas cette peine, cher dragon. Par contre, vous pourriez m'aider à trouver quelques princesses dans la foule.

— Avec plaisir, dit Stéphane. Les dragons aiment toutes les princesses. Enfin, presque toutes, ajoute-t-il, les yeux fixés sur une paire d'affreux paons qui se pavanent dans un coin.

Rose suit son regard. Elle reconnaît Javotte et Anastasie, parées de plumes voyantes. Elles ont probablement fait confectionner leurs costumes chez le meilleur tailleur de la région. Rose secoue sa tête miteuse. Les superbes plumes ne font que souligner la laideur des demi-sœurs de Cendrillon.

— Leurs becs ont vraiment l'air réels, constate Stéphane d'un air admiratif.

— Elles ne portent pas de becs! s'exclame Rose.

De toute évidence, Stéphane ne voit pas très bien derrière son masque. Rose rit tellement qu'elle en a les larmes aux yeux. Après quelques instants, elle parvient de nouveau à regarder par les fentes de son masque et se remet à chercher ses amies.

Tout autour, elle voit des bouffons et des renards, des magiciens et des chiens, des ménestrels et des farfadets. Elle est certaine qu'aucun n'est Blanche, Cendrillon ou Raiponce. Où sont-elles? Quel personnage incarnent-elles?

Chapitre Quatorze
Partie de chasse

Blanche a une exclamation de surprise en entrant dans la salle de bal. Elle ne s'est certainement pas trompée d'endroit! Elle contourne le page qui l'a accueillie à la porte et dit au revoir à ses sept petits accompagnateurs. Les nains ont insisté pour la conduire à la fête, mais refusent catégoriquement d'entrer avec elle.

— Je ne fais pas partie de ces personnages royaux prétentieux, porteurs de couronne et de joyaux...

Prof interrompt la tirade de Grincheux :

— *Huit* nains à la fête, ce serait trop, ma chère Blanche, dit-il en gloussant et en ajustant le chapeau pointu sur la tête de la jeune fille. Va t'amuser. Tu nous raconteras tout à ton retour.

Sept petites mains s'agitent dans les airs. Soulagés de la savoir en sécurité, les nains font demi-tour et retournent vers leur maisonnette en tenant leurs lanternes bien haut.

Blanche soupire de bonheur, joint les mains et pivote

pour observer la salle remplie de monde. Son chapeau à bords flottants a glissé de côté. Levant la main pour le redresser, elle heurte une autruche élégamment vêtue.

— Pardonnez-moi, cher oiseau, gazouille-t-elle. Je ne croyais pas qu'il y aurait autant d'animaux! s'exclame-t-elle en apercevant un ours portant des habits très élaborés. S'il vous plaît, pourrais-je caresser votre fourrure? Juste un peu?

L'ours au gilet semble surpris par l'enthousiasme de Blanche, mais lui tend silencieusement une patte. Blanche la flatte et s'exclame :

— C'est tellement doux! À présent, excusez-moi, mais je dois partir à la chasse pour trouver mes amies. Et peut-être quelques animaux, ajoute-t-elle en gloussant. Même si la chasse, ce n'est pas tellement mon genre!

Souriant à cette idée saugrenue, elle se met à chercher dans la foule.

Il y a tellement de choses à voir qu'elle a du mal à jouer son personnage. En venant jusqu'ici, elle s'est exercée à se dandiner en marchant derrière Simplet, qui a une adorable démarche de nain. Il avance en gonflant la poitrine et en oscillant de gauche à droite.

Blanche se dandine d'un bout à l'autre de l'immense salle, s'arrêtant tous les quelques pas pour complimenter des invités sur leur costume. Chaque animal semble être représenté à la fête. Mais où sont ses amies?

Blanche s'immobilise et tire sur sa barbe blanche, comme Prof lorsqu'il réfléchit. Elle jette un regard autour d'elle et... ah! ça y est!

Elle vient d'apercevoir un chevalier derrière l'une des tables. Il porte un heaume dont la visière lui couvre le visage. Sa posture robuste semble familière... Ce doit sûrement être... Mais comment a-t-elle réussi à dissimuler ses cheveux sous ce heaume?

Et là-bas! Juste à côté du chevalier, tourné dans l'autre direction, se trouve un dragon violet qui propose une boisson à une bête affreuse mais étrangement délicate. Blanche n'a aucun doute. Elle a trouvé Raiponce, Stéphane et Rose. Il ne manque que Cendrillon.

Blanche se fraie un chemin dans la foule en gardant les yeux fixés sur Raiponce. Soudain, les portes de la salle s'ouvrent et un nouvel invité fait son entrée, tout de blanc vêtu.

— Et moi qui croyais être en retard, marmonne Blanche. J'espère que cet invité n'a pas eu une panne de carrosse!

Le retardataire, un cygne gracieux, se hâte de franchir les portes et de plonger dans la foule. Il se dirige vers Rose et Stéphane. Blanche reconnaît cette démarche gracieuse... Un sourire se dessine lentement sur son visage : le cygne est sûrement Cendrillon!

Blanche a la tête qui tourne. La salle de bal, les costumes, le congé d'études, ses merveilleux amis... Tout est tellement parfait!

— Rose, j'ai vraiment envie de te gratter derrière les oreilles! Ton costume est trop mignon! s'écrie-t-elle en se précipitant vers ses amis.

Rose gratte elle-même son costume qui la démange en regardant le nain devant elle avec de grands yeux. Soudain, elle devine de qui il s'agit.

— Blanche! Tu ressembles à ta famille! Mais comment m'as-tu reconnue?

— À tes pattes délicates, bien sûr, dit Blanche en riant, incapable de s'empêcher de flatter la fourrure de son amie.

— C'est toi, Rose? demande Stéphane en soulevant sa tête de dragon pour mieux la regarder.

— Mais bien sûr que c'est Rose! déclare le chevalier d'une voix anormalement haut perchée derrière son heaume. J'aurais reconnu ces moustaches n'importe où! ajoute-t-il en les soulevant du bout de son épée.

— Raiponce, tu es superbe! s'exclame Stéphane.

Blanche est du même avis. Elle est sur le point de complimenter son amie quand le cygne blanc lui donne un petit coup de bec sur l'épaule.

— Blanche! Tu fais un adorable nain! dit Cendrillon en inclinant son cou gracieux, ravie d'avoir trouvé ses amis. Et Raiponce, quel chevalier grandiose! Quant à toi, cher dragon, j'espère que tu n'as pas l'intention de capturer une damoiselle ce soir avec ce farouche chevalier qui monte la garde!

Stéphane sourit en se penchant pour ramasser quelques plumes tombées du costume de Cendrillon.

— Je pensais bien avoir reconnu ces plumes, dit-il. Et j'ai aussi reconnu mon épée, ainsi que la peau claire de Blanche. Mais je n'avais pas deviné que Belle aurait l'air si « bête »!

— Allons donc, répond Rose. Tu savais depuis le début que c'était moi! Vous le saviez tous!

Elle a l'air heureuse que ses amis l'aient reconnue sous sa fourrure. Soudain, ses yeux s'illuminent derrière son masque.

— Toutefois, j'ai rencontré un crapaud qui ne savait pas qui j'étais. Et il avait l'air de bien m'aimer!

— Évidemment, dit Cendrillon en battant des ailes.

— Non, je t'assure qu'il ne m'a pas reconnue. Il était très gentil. Je suis certaine qu'il ne faisait pas semblant, *lui*, dit-elle en frappant Stéphane avec sa queue de dragon.

— Je ne faisais pas semblant, boude Stéphane. Et je suis gentil.

— Un peu trop, peut-être, souffle Raiponce au dragon en plaçant une main gantée sur le pommeau de son épée.

Rose regarde autour d'elle.

— J'aimerais vous le présenter. Nous pourrions tous être amis.

Blanche hoche la tête énergiquement. Quoi de mieux qu'un crapaud comme ami?

— Nous allons t'aider à le trouver, propose-t-elle.

Raiponce abaisse sa visière et redresse les épaules.

— Suivez-moi, mon cher dragon, ordonne-t-elle en s'inclinant galamment.

Stéphane et elle s'éloignent dans une direction, laissant Cendrillon, Blanche et Rose chercher de l'autre côté le galant crapaud.

— Venez, dit Blanche en prenant le bras de ses amies. Il ne peut pas avoir bondi très loin!

Chapitre Quinze

Invasion barbare

— Je ne pense pas qu'il s'agissait d'un crapaud. Ce devait être un caméléon! dit Raiponce quelque temps plus tard.

Stéphane et elle ont cherché partout et n'ont trouvé aucune trace du mystérieux ami de Rose. Cela n'empêche pas Raiponce de s'amuser pour autant. Pivotant rapidement sur elle-même, elle tire son épée et la braque sur la poitrine violette rembourrée de Stéphane.

— Holà, vilain! Je vous provoque en duel!

— Tiens ça, dit son ami en écartant l'épée du revers de la main avant de retirer sa tête de dragon. Il faut que je l'enlève, sinon je vais me mettre à cracher du feu! On crève, là-dedans. En plus, je vois beaucoup mieux comme ça.

Le jeune garçon s'essuie le front avec un mouchoir à monogramme tout en observant la pièce bondée.

Pendant ce temps, Raiponce a pris une pose triomphante, la tête de dragon sous le bras et l'épée plantée dans le sol.

— De quoi ai-je l'air? demande-t-elle, le regard au loin. D'un chevalier victorieux après la bataille?

— Bien sûr, cher chevalier, acquiesce Stéphane, qui semble légèrement fatigué. Tu as l'air brave et loyal. Maintenant, aide-moi dans ma chasse au crapaud. Et j'aimerais bien en profiter pour trouver Pat. Il devrait être ici.

— Tu n'as qu'à chercher des boissons et des tables renversées, lance Raiponce en rengainant son épée.

— Très drôle, dit Stéphane en levant les yeux au ciel. Sois sage ou je reprends mon costume.

Soudain, une table chargée de nourriture s'écrase sur le sol. Raiponce se retourne vivement. Elle vient à peine de mentionner des tables renversées... mais elle blaguait!

La table est couchée sur le côté. Du punch rouge macule la nappe blanche de taches semblables à du sang. Le sol luisant est jonché de nourriture, d'assiettes et de verres. Les invités, surpris, s'écartent, et Raiponce aperçoit trois sorcières à l'autre bout de la table. Elle en voit trois autres sur sa droite, ainsi qu'un sorcier sur sa gauche!

« Je suis contente de ne pas m'être déguisée en sorcière, pense-t-elle. Ça n'aurait pas été très original. »

— Stéphane, regarde Javotte et Anastasie! blague-t-elle en désignant deux hideuses sorcières.

Stéphane, lui, se rend compte que ces sorcières ne sont pas déguisées et qu'elles ne font pas partie des invités. Ce sont de véritables sorcières!

Avant que quiconque puisse réagir, les sorcières et les sorciers se mettent à faire des ravages. Ils renversent des tables et arrachent des tapisseries, enfouissant les invités sous le lourd tissu. Un sorcier s'envole même jusqu'au plafond, où il se balance à l'énorme lustre suspendu au centre.

Raiponce se retourne et évite de justesse une sorcière qui passe en volant et manque de lui arracher son heaume.

— Veux-tu voir un tour de chapeau? ricane la sorcière en s'adressant à sa copine.

Elle plonge en piqué et arrache un chapeau vert à bords flottants de la tête d'un invité, avant de le lancer dans les airs.

— On dirait le chapeau de Blanche, dit Raiponce en se tournant vers Stéphane.

Mais le garçon a été entraîné loin d'elle dans la mêlée. Elle ne peut distinguer la moindre écaille de son costume parmi la foule. Les invités royaux commencent à paniquer.

Raiponce est bousculée de tous côtés par les invités costumés qui tentent d'éviter les cabrioles des sorcières. Le heaume de Raiponce se fait heurter avec un bruit mat. La jeune fille ne voit plus rien! Il y a tellement de gens qui se pressent autour d'elle qu'elle ne peut lever les bras pour le redresser.

— À l'aide! Je ne vois rien!

Sa voix résonne sous son masque. « Je ferais un bien piètre héros », pense-t-elle en avançant à tâtons.

93

— Par ici, ma chère, fait une voix aiguë dans le vacarme.

Elle sent qu'on tire l'écharpe attachée autour de son cou. Elle entend un battement d'ailes de fées.

— C'est trop dangereux ici pour de jeunes princesses, poursuit la voix.

Raiponce se laisse guider et avance jusqu'à ce qu'elle puisse lever les bras pour retirer son heaume.

C'est Pétunia, l'une des fées de Rose, qui est venue à la rescousse! Raiponce sourit. Les fées de Rose sont parfois agaçantes avec leur sollicitude continuelle, mais cette fois, Raiponce est heureuse qu'elles aient également gardé un œil sur elle.

— Merci, dit-elle. Tu es arrivée juste à temps!

Au-delà des doubles portes, Raiponce aperçoit Rose, Cendrillon, Blanche et Stéphane, entourés d'un tourbillon d'ailes multicolores. Elle fait mine de ralentir, mais Pétunia saisit une mèche de ses cheveux et s'envole en l'entraînant vers la sortie.

— Suis-moi! crie-t-elle de sa petite voix. Nous ne sommes pas encore hors de danger!

Le seigneur Patenaille et son épouse se tiennent à côté de la porte, sidérés par le chaos dans lequel a été plongée leur réception. Les invités glissent sur la nourriture tombée par terre. Les sorcières voltigent en cercle au plafond, faisant voler des verres de boisson, chantonnant des formules magiques et renversant des chapeaux.

— Ça vous apprendra à nous écarter de la liste

d'invités! lance une sorcière avant de renverser son gobelet sur la tête du seigneur Patenaille.

Raiponce a pitié de ses hôtes, qui voulaient seulement faire la connaissance de leurs nouveaux voisins! Elle s'arrête devant eux pour leur faire une petite révérence.

— Au revoir, dit-elle. Merci pour cette charmante soi...

Elle ne peut pas terminer sa phrase, car Pétunia la tire par les cheveux à l'extérieur.

En suivant ses amis jusqu'au carrosse de la famille de Rose, Raiponce jette un coup d'œil par-dessus son épaule et fait la grimace. Par la porte ouverte, elle voit l'énorme lustre s'écraser sur le sol dans une gerbe d'éclats de cristal.

Un ricanement de sorcière s'élève par-dessus le vacarme :

— Bienvenue dans le voisinage!

Chapitre Seize
L'heure de la vérité

Rose a peine à croire que le jour des examens est arrivé. Elle a l'impression de vivre un rêve au ralenti depuis le bal masqué. La fête était magique et libératrice, comme elle l'avait espéré. Mais, comme tous les rêves, celui-là s'est terminé d'une façon inattendue qui l'a laissée étourdie et désorientée.

Elle a repassé dans sa tête sa conversation avec le mystérieux crapaud. Qui était-il? Ne savait-il vraiment pas qui elle était? Comment pourra-t-elle le reconnaître si elle le rencontre, sans son costume? Elle regrette de ne pas avoir pu le retrouver avant la fin de la fête.

Plongeant la main dans la poche doublée de velours de sa robe, Rose tâte le petit morceau de fourrure qu'elle a gardé de son costume pour se remémorer cette nuit étrange.

En entendant une sonnerie, la jeune fille revient brusquement à la réalité. Elle se trouve à l'école, de nouveau dans la peau de Rose. Le morceau de tissu qu'elle tient dans son autre main n'est pas un souvenir d'une fête merveilleuse, mais son examen de couture! Les élèves doivent broder une petite fleur au centre de leurs tambours. Cela lui était complètement sorti de la tête pendant qu'elle rêvassait.

Elle fait rapidement quelques points avec son aiguille. Elle n'a pas vraiment terminé, mais cela devrait suffire. Mme Taffetas est en train de recueillir leurs ouvrages. Rose secoue la tête pour s'éclaircir les idées, et aperçoit Blanche qui s'efforce de défaire une série de points mal alignés avant que Mme Taffetas arrive à son pupitre. Trop tard. Pauvre Blanche. Elle est une excellente cuisinière et sait manier la hache avec adresse, mais elle n'est bonne à rien avec une aiguille.

« Quoique mon ouvrage ne vaille pas beaucoup mieux aujourd'hui », pense Rose. Elle est distraite et manque de pratique. Le résultat n'est pas à la hauteur de la qualité habituelle de son travail. « Du travail de *Belle* », se corrige-t-elle en fronçant les sourcils.

Après avoir repris le dernier tambour, la professeure donne congé aux Chemises. Rose trouve qu'elle a l'air aussi désorientée et épuisée que ses élèves. Les examens sont éreintants pour tout le monde. Les couloirs n'ont jamais été aussi calmes entre les cours.

Les quatre amies se retrouvent instinctivement et marchent dans le couloir en chuchotant.

— Ce n'était pas trop difficile, dit Raiponce en se penchant vers ses amies. Mais je redoute l'examen de Glace et reflets.

Rose n'a jamais entendu Raiponce dire qu'elle

redoutait quoi que ce soit. Elle jette un regard étonné à l'intrépide jeune fille.

— Moi aussi. Je suis restée réveillée tard pour étudier hier, confie Cendrillon, dont les yeux cernés témoignent de sa fatigue. Mais je suis si épuisée que je ne me souviens de rien! Et j'ai bien peur que ça ne se passe pas bien pour Javotte et Anastasie.

Rose doit admettre qu'elle n'a pas hâte de passer le prochain examen. Elle voulait s'exercer à se coiffer la veille, mais elle n'arrivait pas à se rappeler quelles coiffures elle devait étudier!

Pendant l'examen, toutefois, elle a pitié de Raiponce. Son amie éprouve beaucoup de difficulté avec sa longue chevelure aujourd'hui! Sa torsade diadème ressemble plutôt à une tornade diadème!

Rose soupire en se regardant dans le miroir. À force de s'être crêpé les cheveux, ces derniers sont devenus tout fourchus. Sa chevelure a déjà eu meilleure apparence. Pourtant, même sans avoir étudié, elle ne s'en est pas mal tirée.

Mme Labelle avance dans les allées en inspectant les coiffures des élèves et en inscrivant leurs notes sur un parchemin. Elle n'a pas l'air d'apprécier la torsade de Cendrillon, qui ressemble davantage à une torsade de couronnement.

Elle hausse les sourcils à deux reprises : à la vue du reflet de Raiponce et de celui de Rose dans le miroir. Cette dernière ne sait pas s'il s'agit d'une expression de surprise ou de déception. Peut-être les deux.

En voyant ses amies faire de leur mieux après avoir étudié, Rose se sent coupable. Elle n'est pas fière de passer ses examens sans préparation.

« Je n'aurais pas dû tenir ma réussite pour acquise, pense-t-elle. Je suis peut-être chanceuse d'avoir reçu des dons. » Le pincement de culpabilité qu'elle ressent au creux de l'estomac commence à lui être familier. « Je ne mérite peut-être pas ces dons. »

Lorsque la trompette sonne à la fin du cours, les quatre amies se retrouvent de nouveau dans le couloir. Cette fois, personne ne dit mot. Ce n'est pas nécessaire. Chacune appréhende l'épreuve suivante : l'examen oral sur les princesses d'hier et d'aujourd'hui.

Dans l'auditorium, assise dans un confortable fauteuil bordeaux, Rose attend, le souffle court. Son cœur bat la chamade et elle a des papillons dans l'estomac. La pièce est remplie de Chemises tremblantes de nervosité.

Les élèves sont appelées une à une à l'avant de la salle. Chacune doit monter sur un podium pour répondre aux questions posées par un groupe de juges, dont font partie Mme Istoria, Mme Garabaldi et même Dame Bathilde. Les princesses sont jugées en fonction de leur maintien, de leur élocution et, bien sûr, de la justesse de leurs réponses.

Raiponce passe la première. En la voyant monter sur le podium, Rose se sent de plus en plus nerveuse. Les juges gardent les yeux fixés sur sa longue chevelure en la bombardant de questions. Mais bientôt, leur attention est détournée par l'assurance naturelle de la jeune fille.

Plus Raiponce parle, plus elle est sûre d'elle. Elle se tient bien droite sous son imposante torsade diadème et parle avec autorité. Rose sent son pouls s'accélérer, mais cette fois, ce n'est pas de crainte. Raiponce s'en tire à merveille!

Rose commence à se détendre en regardant plusieurs de ses camarades répondre aux questions des juges. La plupart s'en sortent très bien. « Ça ne devrait pas être trop difficile », se dit-elle.

Toutefois, lorsqu'elle entend son nom et qu'elle s'avance vers le podium à son tour, les papillons et les battements de cœur reprennent de plus belle.

Elle essuie ses mains moites sur ses jupes en gravissant les marches. Elle n'a jamais vraiment été nerveuse auparavant. C'est une sensation désagréable. Elle prend une profonde inspiration, monte sur le podium et jette un regard à l'assistance.

Elle essaie de sourire aux juges pour les mettre à l'aise, comme on le lui a enseigné. Mais son visage demeure figé, et aucun juge ne lui retourne son sourire.

Le premier juge, M. Lépistolier, fronce les sourcils en consultant sa liste de questions.

— Rose Églantine, votre sujet d'aujourd'hui portera sur la morale. Voici la première question : Quelle leçon pouvons-nous tirer de l'histoire de la princesse qui ne refermait pas les portes de l'écurie?

Rose avale sa salive. Elle se souvient que Mme Istoria a mentionné cette histoire, mais elle ne l'a jamais lue! Du coup, ses mains deviennent encore plus moites que sous son costume de bête.

— La morale de cette histoire est une vérité toute simple qui peut nous être utile à tous, dit-elle, décidant de commencer par ce qui est évident.

Elle devra faire appel à ses talents d'oratrice et à son charme pour s'en sortir.

— En tirant parti des célèbres manies des princesses d'hier, nous pouvons éviter de commettre les mêmes erreurs qu'elles. Nous pouvons fermer les portes de l'écurie sur des ennuis du même type.

Voilà. Rien de ce qu'elle vient de dire n'est faux. Mais ce n'est pas la bonne réponse non plus. Elle a simplement éludé la question.

Rose se débrouille pour répondre aux questions suivantes avec l'impression de parler par énigmes. Elle aimerait bien être une Couronne de quatrième année : les énigmes et les devinettes constituent une part importante de leur programme.

Elle jette un coup d'œil à ses amies dans l'assistance et voit qu'elles sont déconcertées par ses réponses. Cendrillon a l'air fatiguée et déroutée. Les cernes sous ses yeux inquiets paraissent plus sombres qu'avant. Raiponce se mord les lèvres. Rose soupçonne qu'elle brûle d'envie de se lever pour crier la bonne réponse. Et seraient-ce des larmes de compassion qu'elle aperçoit dans les grands yeux de Blanche?

Rose détourne le regard avant que ses propres yeux se remplissent de larmes. Elle est en train d'échouer!

« Mes dons m'ont abandonnée, se dit-elle. Pire

encore, j'ai abandonné mes dons! »

— Ce sera tout, Rose. Vous pouvez descendre.

Mme Garabaldi ne lève pas les yeux de son parchemin et la congédie d'un geste dédaigneux.

Rose voudrait protester, demander une autre chance. Elle sait toutefois qu'elle ne peut faire mieux. Pas maintenant, et peut-être jamais! Elle regarde l'assistance avec stupeur et se force à avancer. Toutes ses camarades ont les yeux fixés sur elle. Elle se demande ce qu'elles voient. S'agirait-il de la véritable Rose? Cette pensée la fait frissonner. Elle espère bien que non.

Chapitre Dix-sept

De mal en pis

— Elle pensait peut-être que les questions étaient des énigmes, chuchote Blanche à Cendrillon, qui hoche la tête sans mot dire.

Cendrillon ne sait pas quoi penser. Ce qui vient de se passer est incompréhensible. Rose est toujours si posée, si sûre d'elle, si douée! Qu'est-ce qui lui arrive? Les pensées de Cendrillon se bousculent dans sa tête pendant que Rose descend du podium, manquant de trébucher sur la dernière marche.

— Oh, non! s'exclame Blanche.

Cendrillon se cache la tête dans les mains. Décidément, tout va de mal en pis aujourd'hui. Les examens ne se passent pas bien du tout. En classe de couture, elle devait broder une simple fleur, chose qu'elle a réussie des centaines de fois sans problème. Mais au lieu de fil à broder, elle n'a trouvé dans son sac que du fil à tapisserie qui avait servi à faire une démonstration à Javotte et Anastasie. Le fil à tapisserie est plus difficile à manier. Résultat : sa fleur ressemblait à une mauvaise herbe. Normalement, elle aurait vite remarqué son erreur et l'aurait corrigée, mais elle était si épuisée de sa semaine sans sommeil qu'elle s'en est aperçue trop tard. Mme Taffetas a haussé les sourcils à la vue de son tambour.

— Du fil à tapisserie? s'est-elle étonnée.

Cendrillon a sursauté en constatant son erreur. Mais la sonnerie avait retenti. Il était trop tard.

L'examen suivant ne s'est pas mieux déroulé. Après avoir démêlé ses longs cheveux blonds, elle s'est concentrée pour réussir sa coiffure. Mais tout en travaillant, elle s'est mise à penser au bal masqué et ses mains ont créé le style qu'elle avait enseigné sans relâche à ses demi-sœurs la semaine précédente : la torsade de couronnement. Elle finissait à peine que Mme Labelle prenait déjà des notes sur un long parchemin rose.

— Cendrillon, qu'est-il arrivé à votre torsade-diadème? a-t-elle demandé avec un regard perplexe. Vous la réussissez si bien, d'habitude!

Cendrillon s'est regardée dans le miroir de sa coiffeuse, les joues rouges de honte.

— Je ne sais pas, a-t-elle marmonné.

Elle n'avait aucun espoir de réussir l'examen, mais elle ne voulait pas que Mme Labelle la croie prétentieuse et désireuse d'avoir une plus grosse couronne sur la tête!

— Tu réussiras sûrement mieux en identification des grenouilles, a dit Blanche pour la consoler. Les batraciens t'adorent!

Cependant, Cendrillon s'inquiétait pour ses demi-sœurs, qui devaient être en train de passer leur examen de tapisserie. Distraite, elle a pris un gros crapaud verruqueux pour un prince et l'a embrassé sous les yeux de Mme Grenon.

— Cendrillon! s'est écriée l'enseignante d'une voix rauque. N'avez-vous rien appris ce trimestre?

— Coâ! a éructé le crapaud.

Cendrillon avait envie de fondre en larmes. C'en était trop. Elle ne s'en tirait pas bien du tout, comme ses demi-sœurs, probablement. Elle n'osait pas imaginer le sort terrible qui l'attendait.

Et maintenant, dans l'auditorium, elle vient de voir Rose, habituellement si calme et bien préparée, donner les réponses les plus saugrenues aux questions des juges. Heureusement, son amie a réussi à se redresser de justesse après avoir trébuché. Mais cela ne lui ressemble pas de faire des erreurs ou un faux pas. Ces maladresses n'ont pas de quoi rassurer Cendrillon.

— Cendrillon Lebrun, appelle Mme Garabaldi.

La jeune fille se lève, monte sur l'estrade et regarde les juges.

« Tout va bien aller, se dit-elle. Je dois seulement rester calme. »

Pourtant, elle est envahie par la panique.

— Voici votre première question, Cendrillon, reprend Mme Garabaldi. Quelle a été l'erreur fatale de la princesse Antonia Tourmaline et quelle leçon pouvons-nous en tirer?

Cendrillon sourit faiblement aux juges en se creusant la tête pour trouver la réponse. Elle est certaine de la connaître. Il suffit qu'elle s'en souvienne. Après un long moment, elle prend la parole.

— La princesse Tourmaline n'avait pas dit la vérité à son fiancé au sujet du sortilège qui pesait sur elle. Quand il a appris qu'elle ne lui avait pas fait confiance, il l'a quittée. La morale de cette histoire est qu'il faut toujours dire la vérité, même si cela s'avère difficile.

On entend des murmures parmi les juges. Plusieurs semblent surpris par sa réponse. Mme Garabaldi secoue la tête.

Se serait-elle trompée? Pourtant, elle était certaine que la princesse Tourmaline... « Oh non! pense-t-elle soudain. C'est la princesse *Félina* Tourmaline qui a caché la vérité à son fiancé! »

C'est l'une des histoires qu'elle a lues pour préparer ses demi-sœurs. Antonia était la petite sœur de Félina!

La jeune fille s'éclaircit la gorge avec l'intention de rectifier sa réponse, mais Mme Istoria lui pose déjà la prochaine question.

— Quelle erreur a commise le propriétaire de la tortue qui a pondu les œufs d'or?

Cendrillon essaie de répondre sans marmonner. Quand elle a terminé, elle jette un regard suppliant aux juges. Une fois encore, ils paraissent déroutés. Oh, non! Elle vient de leur raconter l'histoire du *fils* du propriétaire de la tortue!

Elle est soudain prise d'une irrésistible envie de se

frapper la tête sur le podium. Sa note de maintien en souffrirait sûrement, mais cela chasserait peut-être de son esprit le programme des Crinolines! Sa tête contient tellement d'informations qu'il est difficile de s'y retrouver.

Mme Garabaldi plisse les yeux, puis elle s'incline gracieusement pour chuchoter quelques mots à l'oreille de Mme Istoria, qui hoche la tête. Elle se penche ensuite vers Dame Bathilde. Le regard de la directrice demeure fixé sur Cendrillon pendant qu'elle écoute l'enseignante.

— Une dernière question, dit Mme Garabaldi. Pouvez-vous nommer les trois sœurs Tourmaline, en commençant par l'aînée?

Cendrillon pousse un soupir de soulagement. Elle a révisé l'arbre généalogique de la famille Tourmaline hier soir avec Javotte et Anastasie. Enfin, une question dont elle connaît la réponse!

— Bien sûr. Elles s'appelaient Félina, Antonia et Cécilia, répond-elle, satisfaite pour la première fois de la journée.

Pourtant, elle sait qu'une seule réponse correcte ne suffira pas à lui faire obtenir la note de passage.

Mme Garabaldi jette alors un regard entendu à Mme Istoria.

— Ce sera tout, Cendrillon, dit cette dernière.

La jeune fille se dirige vers les marches, la tête haute, mais les yeux pleins d'eau. Quand elle reprend son siège, les larmes coulent sur ses joues lisses.

Chapitre Dix-huit

Rien n'a changé

Rose reste assise dans le coin le plus sombre de l'auditorium. Après l'examen oral, elle a dû faire appel à toute sa volonté pour ne pas s'enfuir à toutes jambes. Elle s'est assise à la dernière rangée, convaincue qu'il n'y avait rien de plus atroce que d'échouer lamentablement devant tout le monde.

À présent, elle sait qu'elle avait tort. C'était encore plus atroce d'observer Cendrillon s'enliser dans ses questions d'examen. À un moment donné, Rose a dû se plaquer les deux mains sur la bouche pour s'empêcher de crier. Elle se sentait tellement impuissante. Elle aurait voulu faire quelque chose pour aider son amie! Puis elle a subitement pris conscience qu'elle *aurait pu* l'aider. Elle aurait pu étudier avec elle, ou même faire réviser ses demi-sœurs quand elle a appris que Cendrillon était responsable de leurs résultats! Pourquoi n'y a-t-elle pas pensé plus tôt? Maintenant, il est trop tard.

« Si seulement j'avais pensé à autre chose qu'à mes problèmes, se dit-elle. Où avais-je la tête? Comment ai-je pu abandonner mon amie? »

La trompette qui signale la fin des examens résonne dans les couloirs de marbre, tirant Rose de sa rêverie. Mais elle ne bouge pas, tant que l'auditorium n'est pas presque désert. Puis, soudain libérée des chaînes invisibles qui la retenaient, elle se lève dans un bruissement de jupes et se précipite pour retrouver Cendrillon et les autres. Elle doit leur parler sans tarder!

Un vacarme règne dans le couloir où se trouvent les malles. La nervosité disparue, plus personne ne chuchote. Les princesses discutent des examens avec animation. La plupart sourient, soulagées. Rose ressent un coup au cœur. Elle est heureuse pour ses camarades et a envie de célébrer avec elles. Pourtant, elle n'arrive pas à les regarder dans les yeux. La déception qu'elle y lirait serait trop pénible à supporter et rendrait pire sa propre déconvenue.

— Je les ai déçues, chuchote-t-elle. J'ai déçu tout le monde.

Les yeux baissés vers le sol, la jeune fille sait qu'elle a plus de chances de trouver ses amies à l'extérieur que dans le couloir bondé.

En se frayant un chemin le plus discrètement possible vers sa malle, Rose se fait bloquer le passage par deux chaussures beiges parsemées de miettes.

— Quel examen épouvantable, n'est-ce pas, Rose? lui demande Gretel, la bouche remplie de pain d'épice.

Rose plonge son regard dans les grands yeux bleus de Gretel, mais ne parvient qu'à hocher la tête. Elle attend que sa camarade lui parle de sa piètre performance; cette dernière se contente de mâchonner sa collation.

— J'étais terrorisée, finit par ajouter Gretel avant de prendre une autre bouchée. J'avais peur de ne pas pouvoir ouvrir la bouche!

— Ce serait impossible pour toi! lance une Chemise aux cheveux bruns en s'approchant de Rose et Gretel. Belle, pourrais-tu m'aider à attacher mon corset? ajoute-t-elle, les deux mains derrière le dos. Il s'est défait. Comment réussis-tu à garder le tien si plat et bien lacé?

— Euh, eh bien... balbutie Rose, étonnée.

Gretel et l'autre fille la traitent comme d'habitude. Elle ne comprend pas pourquoi elles sont si gentilles avec elle. Elle prend les rubans des mains de sa camarade et, tandis qu'elle commence à les lacer, elle entrevoit la vérité, aussi évidente qu'une noix sous vingt matelas. Peu leur importe si elle n'est pas parfaite : elles l'aiment de toute façon!

— J'aurais dû le savoir... dit-elle, sans s'apercevoir qu'elle parle à haute voix.

— Pardon? demande la princesse en tournant la tête.

— Je veux dire... Ce qu'il faut savoir, c'est que mes fées me donnent toujours un coup de main pour lacer mon corset. C'est plus facile d'être à la hauteur quand on a de l'aide pour se préparer.

— Est-ce qu'elles t'aident aussi à te coiffer? demande Gretel en regardant la torsade ratée de Rose.

— Habituellement, oui, dit Rose en faisant la grimace. Mais dernièrement, je m'en suis chargée seule.

110

— J'espère que tu ne m'en voudras pas, mais je préférais tes cheveux avant, chuchote Gretel, aussitôt approuvée par l'autre princesse.

— Moi aussi, confie Rose.

— Merci, dit la jeune fille avec une révérence lorsque Rose a terminé de lacer son corset.

Rose s'incline à son tour en souriant. Elle a envie de rire. Elle n'a pensé qu'à elle-même et voit bien à quel point c'était ridicule. Elle espère que ses amies vont lui pardonner. Levant le menton, elle se hâte vers la porte du château.

Trois pas plus loin, elle se fait de nouveau arrêter, cette fois par une paire d'étroites bottines lacées et vernies. Elles appartiennent à Mme Garabaldi. Rose baisse la tête, envahie par la honte à la pensée du fiasco de son examen oral.

— Rose, dit l'enseignante d'un ton impassible. Vous ne semblez pas fière de votre performance.

Rose secoue la tête. C'est le moins qu'on puisse dire. Elle espère que Mme Garabaldi ne va pas la sermonner bien longtemps, car elle craint de se mettre à pleurer si la professeure persiste à retourner le fer dans la plaie. Toutefois, quand Mme Garabaldi reprend la parole, sa voix s'est adoucie.

— La vie nous apprend bien des leçons et nous teste de différentes façons, dit-elle doucement. Nous n'échouons que si nous n'apprenons pas de nos erreurs.

Rose est estomaquée. Elle lève les yeux pour s'assurer que c'est bien Mme Garabaldi qui est en face d'elle et lui parle si gentiment. Le nez droit. L'allure sérieuse. C'est bien elle. Mais ne discerne-t-elle pas une lueur chaleureuse dans ses yeux?

— Il est grand temps que vous me regardiez dans les yeux! s'exclame Mme Garabaldi en croisant les bras, le regard redevenu froid. Maintenant, dites-moi où je peux trouver Cendrillon Lebrun. Vite, je n'ai pas de temps à perdre.

Rose avale sa salive et répond qu'elle ne le sait pas. Elle n'est pas certaine qu'elle le lui dirait même si elle le savait. La pauvre Cendrillon est probablement en larmes quelque part. La dernière chose dont elle a besoin, c'est d'un sermon de Mme Garabaldi. En fait, tout ce dont elle a besoin, c'est de ses amies.

Chapitre Dix-neuf

Nul n'est parfait

Raiponce prend sa cape et referme sa malle d'un coup sec. Le couvercle retombe avec un bruit mat. Elle pousse un soupir de soulagement : les examens sont finis!

Cependant, en se tournant pour partir, elle se dit que, même si les examens sont terminés, leurs conséquences ne font que commencer.

« Pauvre Cendrillon, pense-t-elle en se frayant un chemin parmi les groupes de princesses surexcitées. Elle n'a pas eu une seconde pour étudier, par la faute de Kastrid! » À côté de cette femme, Mme Gothel a presque l'air d'une bonne fée! Raiponce sourit en imaginant Mme Gothel sous les traits d'une fée. La sorcière détesterait sûrement cette image!

Et qu'est-ce qui arrive à Rose? Elle a eu tout le temps d'étudier, sans oublier l'aide de ses fées. Elle n'a pas l'habitude de négliger ses études... ou ses amies.

Les portes de l'école s'ouvrent toutes grandes. Raiponce se remémore la semaine précédente, quand

Rose a délibérément gâché son ouvrage et sa coiffure. Avait-elle aussi l'intention d'échouer à l'examen oral? Cette question lui trotte dans la tête pendant qu'elle s'abrite les yeux du soleil pour chercher ses amies. Voilà Blanche, penchée à la balustrade du pont pour observer les cygnes.

Raiponce se hâte d'aller la rejoindre. En s'approchant, elle constate que Blanche ne se contente pas de regarder les cygnes, mais qu'elle leur fait la conversation.

— Et ensuite, la pauvre Cendrillon a donné une autre mauvaise réponse! déclare-t-elle. C'était horrible. C'était encore pire de voir Cendrillon et Rose devant les juges que d'être moi-même sur le podium!

Raiponce réprime un sourire en écoutant Blanche parler aux oiseaux qui glissent sur l'eau des douves.

— As-tu vu Rose et Cendrillon? demande-t-elle à la jeune fille, qui sursaute et interrompt sa conversation unilatérale pour se tourner vers elle.

— Non, répond-elle. Les pauvres! J'étais justement en train de raconter aux cygnes ce qui est arrivé. J'aurais préféré qu'il n'y ait pas d'examens!

Ses grands yeux noirs sont remplis d'inquiétude. Les deux amies gardent le silence en attendant Rose et Cendrillon. Après quelques minutes, Raiponce se met à taper impatiemment du pied.

Enfin, Rose apparaît parmi les groupes de princesses qui sortent de l'école.

— Comment ça va? demande Blanche en lui jetant les bras autour du cou. Ce devait être affreux pour toi!

114

Raiponce n'a pas la même délicatesse et n'attend pas que Rose réponde avant de lui poser elle-même une question :

— L'as-tu fait exprès? lâche-t-elle en fixant son amie des yeux. Voulais-tu échouer?

Rose secoue la tête, les joues rouges.

— Non, je... commence-t-elle avant de pousser un gros soupir. La vérité, c'est que je ne pensais pas avoir besoin d'étudier. Les dons des fées m'énervaient tellement que je n'ai pas compris que c'était à *moi* de décider de m'en servir.

Raiponce voit bien que Rose est embarrassée. Elle a pitié d'elle. Avoir des dons n'est peut-être pas toujours rose. Cependant, elle ne peut pas s'empêcher de sourire.

— Tu te croyais parfaite, hein? la taquine-t-elle. Eh bien, tu ne devrais pas croire les histoires que te racontent les fées. Tu es peut-être bonne, mais *nul* n'est parfait!

— Ah bon? demande Rose en haussant un sourcil.

Les deux amies éclatent de rire.

— Nous avons tous des dons que nous devons utiliser judicieusement, reprend Rose. Je crois qu'un des tiens, c'est de ne pas tourner autour du pot!

— Et celui de Blanche est de communiquer avec les animaux, déclare Raiponce. L'identification des grenouilles ne serait pas aussi amusante sans elle.

— Et Cendrillon est la fille la plus vaillante que je connaisse, ajoute Rose. Oh, j'oubliais! Où est Cendrillon? Mme Garabaldi la cherche. Elle veut la voir

115

au plus vite. Je crois que Cendrillon va avoir des ennuis!

— La voilà! dit Blanche en désignant l'entrée de l'école.

Cendrillon vient de franchir les portes et descend les marches en courant.

Raiponce voit aussitôt que leur amie est bouleversée. Sa peau est marbrée, ses yeux sont rouges et son mouchoir est trempé de larmes.

— On dirait que Mme Garabaldi l'a déjà trouvée, murmure Raiponce.

Cendrillon s'avance en trébuchant et s'écroule dans leurs bras.

— Je vais me faire renvoyer de l'école! sanglote-t-elle.

Chapitre Vingt
Une bonne leçon

Rose entre gracieusement dans la classe, les jupes de sa robe vert d'eau bruissant doucement autour d'elle. Quand elle s'assoit, Blanche et Raiponce lui jettent un regard approbateur. Rose sait bien pourquoi : sa robe est propre et bien repassée, ses cheveux sont retenus par des barrettes à fleurs et aucune tache de soupe ne macule sa peau. Elle sourit à ses amies. Elle se sent bien dans sa peau pour la première fois depuis des semaines.

Elle est quand même un peu nerveuse. Elle s'inquiète pour ses notes, et aussi pour Cendrillon. Même si cette dernière n'a pas rencontré Mme Garabaldi avant de quitter l'école la veille, elle est convaincue d'être dans le pétrin. En ce moment, elle est affalée sur son siège, la tête penchée en avant et l'air abattu.

« Nos encouragements d'hier n'ont pas dû suffire », se dit Rose.

Blanche, Raiponce et elle ont raccompagné Cendrillon à la maison, lui répétant sans cesse de ne pas s'inquiéter

117

et que tout allait bien se passer.

— Nous ne les laisserons pas te renvoyer! avait promis Raiponce.

Mais un seul regard à Cendrillon ce matin a convaincu Rose que son amie s'est rongé les sangs toute la nuit.

« Je parie que ses demi-sœurs l'ont encore tourmentée, pense-t-elle. Ces deux chipies ont vraiment le don d'être méchantes! »

Au moment où Rose se penche pour chuchoter des paroles encourageantes à Cendrillon, Mme Garabaldi entre dans la pièce.

— Bonjour, mesdemoiselles, dit-elle froidement.

Rose scrute le visage de la professeure pour tenter de deviner son humeur. Est-elle contente? Déçue?

Mme Garabaldi fait rapidement l'appel, sans aucune allusion aux résultats des examens. Puis elle dépose le parchemin sur son bureau à plateau de marbre et se tourne vers les princesses impatientes. Rose ne les a jamais vues se trémousser autant depuis le jour où une Chemise a trouvé un pois sous ses coussins.

— Dans l'ensemble, vous vous en êtes plutôt bien tirées, annonce l'enseignante en commençant à distribuer les petits parchemins où sont consignés les résultats. Si ce n'est pas votre cas, des devoirs supplémentaires vous sont imposés afin que vous puissiez poursuivre le programme scolaire royal.

— Encore des travaux de couture! s'exclame Raiponce en déroulant son parchemin. Mais au moins, j'ai réussi dans les autres matières.

— Moi aussi, je dois m'exercer davantage en couture, lance Blanche. Je me demande si le raccommodage est accepté. J'en ai beaucoup à faire pour les nains!

Mme Garabaldi arrive à la hauteur de Rose et Cendrillon.

— Il y a toutefois quelques déceptions, déclare-t-elle.

Rose se sent rougir sous le regard sévère de la professeure, qui lui remet un parchemin. La jeune fille se tortille de honte, mais elle est soulagée de voir que Mme Garabaldi ne regarde pas Cendrillon. Dans l'état où se trouve son amie, un regard furieux serait souverainement désastreux.

Rose déroule lentement son parchemin et soupire de soulagement. Elle passe dans toutes les matières. Elle n'a pas de très bonnes notes, mais elle n'a pas échoué. Quant aux devoirs supplémentaires en couture, en histoire et en coiffure, ils ne sont pas si terribles.

Elle observe Cendrillon qui déroule son parchemin en tremblant. Sa lèvre inférieure frémit lorsque Mme Garabaldi se penche pour lui parler tout bas. Rose tend l'oreille.

— Je voulais vous en parler hier, mais je ne vous trouvais nulle part après les examens, dit l'enseignante d'un ton où semble pointer de l'excitation. Vous avez impressionné vos professeurs avec votre connaissance du programme des classes supérieures. Nous vous permettrons donc de repasser vos examens dans deux semaines.

Un grand sourire illumine le visage de Rose. Elle se tourne vers Raiponce et Blanche, qui ont l'air tout aussi ravies.

Cendrillon demeure bouche bée et laisse échapper un petit sanglot. Mais cette fois, Rose en est certaine, c'est un sanglot de soulagement. Cendrillon regarde son amie, les yeux humides.

— Je vais t'aider à étudier, promet Rose en remuant les lèvres silencieusement.

Mme Garabaldi s'arrête près de Rose et lui tend un autre parchemin en la fixant d'un regard glacial.

Rose prend son courage à deux mains et se met à lire :

Rose Églantine,

Vous êtes priée de venir à mon bureau aussitôt que vous aurez reçu vos résultats d'examens. J'aimerais vous dire un mot.

Bien à vous,

Dame Bathilde, directrice

Rose enroule le parchemin, puis, après avoir jeté un coup d'œil à ses amies, se lève et se dirige silencieusement vers la porte. Le trajet jusqu'au bureau de la directrice lui paraît exagérément long.

La porte est entrouverte et Dame Bathilde l'attend, assise à son bureau.

— Entrez, Rose, dit-elle d'un ton chaleureux en désignant le siège de bois dont la jeune fille garde un vif souvenir. Je vous ai convoquée pour discuter de vos résultats. Bien que vous ayez réussi, j'estime que vos notes ne reflètent pas vos capacités et vos talents.

Rose entend à peine ce que lui dit la directrice. Tout est clair, à présent. Elle ne se demande plus qui elle est ni ce qu'elle voudrait être. Ses dons, qu'ils soient enchantés ou non, ne servent à rien tant qu'elle ne les utilise pas. Et elle se rend compte qu'elle a vraiment envie de s'en servir.

— Avez-vous quelque chose à dire? demande Dame Bathilde.

— Je suis désolée, commence Rose. J'avais peur que les gens ne me laissent pas être moi-même, et je n'avais pas compris que je suis déjà celle que je veux être. Même si sept fées m'ont accordé des dons, je sais maintenant qu'ils ne valent rien si je ne les utilise pas pour faire de mon mieux. Et c'est précisément ce que j'ai l'intention de faire, conclut-elle en souriant à la directrice.

— Alors, vous avez appris une leçon plus importante que toutes celles qu'on peut vous enseigner à l'école, dit Dame Bathilde en lui rendant son sourire. Puisse la sagesse de cette leçon vous rester toujours à l'esprit.

Chapitre Vingt et un

Le crapaud et la bête

— Je suis heureuse que Mme Garabaldi ne t'ait pas punie! lance Blanche à Rose en descendant les marches, à la sortie de l'école.

— Moi aussi! s'exclame Rose.

Devant elle, elle aperçoit Raiponce, Pat et Stéphane. Elle se sent soudain extraordinairement libre. Les examens sont terminés, tout comme sa rébellion contre la perfection et les attentes d'autrui. Il ne lui reste qu'une chose à faire : s'excuser auprès de Pat d'avoir été impolie lors de leur première rencontre. Elle attend patiemment une pause dans la conversation.

— C'était toute une fête, dit Stéphane à Pat, les yeux brillants. Mais comment vous êtes-vous débarrassés de ces sorcières?

— Nous sommes désolés de ne pas être restés pour vous aider, s'excuse Raiponce d'un air penaud.

Rose regarde ses amis d'un air perplexe. Pourquoi Raiponce présente-t-elle des excuses à Pat?

Ce dernier éclate de rire :

— Un fougueux chevalier nous aurait été fort utile! Mes parents ont décidé d'inviter les sorcières et les sorciers à rester à la fête. Ce n'est pas une bonne idée de se faire des ennemis dans un nouveau royaume, n'est-ce pas?

Rose se sent prête à défaillir. Ses parents? Un nouveau royaume?

— Attendez donc...

— En effet! l'interrompt Raiponce. Il est toujours préférable de cohabiter pacifiquement avec une sorcière que de lutter contre elle. Je peux en témoigner!

— Ces vilaines créatures savent vraiment animer une fête! Elles ont ricané toute la soirée en se balançant aux lustres! Sauf à celui qu'elles ont brisé, bien sûr.

— Hé! lance Rose en regardant le garçon. Pat... Patenaille! Tu t'appelles Patenaille? Pourquoi ne le disais-tu pas?

— Je suis Guillaume Patenaille, déclare-t-il en inclinant la tête d'un air confus. Et, euh... notre première rencontre n'était pas ce qu'il y avait de plus réussi... ajoute-t-il nerveusement. Et je n'ai jamais eu l'occasion de m'excuser pour mon affreuse impolitesse. Je n'aurais jamais dû rire de ton surnom. Je n'étais pas vraiment moi-même...

— Je n'étais pas moi-même non plus, répond Rose en souriant.

— Veux-tu qu'on reparte à zéro? lui demande Pat, qui s'incline devant elle en trébuchant, se rattrapant à la dernière seconde.

Rose est touchée par les excuses du jeune prince. Il est réellement charmant.

— Avec plaisir, dit-elle gentiment.

Elle le regarde attentivement. Il a des yeux verts amicaux. Il est maladroit et plutôt grand. Et tous ces propos sur le fait d'être soi-même... cela lui rappelle quelque chose.

— Monsieur, je dois dire que vous me rappelez un crapaud de ma connaissance. Seriez-vous un crapaud déguisé en prince? demande-t-elle avec un air entendu.

— Un crapaud? répète-t-il d'un air faussement innocent.

— Un crapaud! s'écrient Stéphane et Raiponce.

— Oh! lance à son tour Blanche, qui vient juste de comprendre. Tu es le petit crapaud que nous cherchions avant que ces affreuses sorcières n'envahissent la fête!

Elle tape joyeusement des mains.

— Eh bien, je ne dirais pas qu'il est petit, mais pour le reste, je crois bien que tu as raison, concède Raiponce.

— Alors, ça veut dire que tu es... mais bien sûr! Ton costume de bête était absolument abominable! dit Pat à Rose.

— Merci, répond Rose en souriant. Je l'ai fait moi-même!

On entend une fanfare au loin. Stéphane tire Pat par le bras.

— Moi non plus, je ne savais pas que Rose se cachait sous ce costume de bête, grommelle-t-il. Mais nous pourrons en discuter pendant la joute, prince Crapaud.

124

Viens, nous allons être en retard.

Les deux garçons se dirigent vers l'École de charme.

— Une joute! s'écrie Raiponce en leur jetant un regard envieux.

Un instant plus tard, Cendrillon arrive, impatiente de leur apprendre une bonne nouvelle.

— Je viens d'entendre Javotte et Anastasie se plaindre de leur nouvel horaire, dit-elle avec un grand sourire. Elles ont si bien réussi aux examens qu'on les a retirées du cours de rattrapage! Elles sont furieuses!

— Ça devrait les tenir occupées, dit Blanche.

— Elles vont te ficher la paix, renchérit Raiponce.

— Comme ça, tu auras amplement le temps de te préparer pour les examens, dit Rose en prenant le bras de Cendrillon. Voulez-vous venir étudier avec nous? demande-t-elle aux deux autres.

— Non, répond Blanche. Les études, ça suffit pour moi! Je dois rentrer et me remettre à cuisiner.

— Quant à moi, je dois pratiquer mes mouvements de joute, dit Raiponce. Le tournoi de l'École de charme aura lieu dans quelques semaines.

— Mais Raiponce, tu es une fille! s'exclame Blanche. Tu ne peux pas participer.

— Je sais. Mais Stéphane a besoin d'une entraîneuse hautement qualifiée s'il veut remporter le titre.

Ses yeux ont une lueur malicieuse que Rose connaît bien. Tout en regardant ses amies s'éloigner, elle songe que si Raiponce s'en mêle, ses amis célébreront une victoire à coup sûr au terme du tournoi.

L'École des princesses

Princesse Charmante

Jane B. Mason et Sarah Hines Stephens

L'École de charme tient son tournoi
de joute annuel. Le prince Stéphane est l'un
des favoris, grâce à l'entraînement prodigué
par Raiponce. Mais Stéphane a une attitude
de plus en plus arrogante, et Raiponce aimerait bien
lui donner une petite leçon de modestie. Il est vrai
que Stéphane peut battre n'importe quel prince,
mais peut-il surpasser une princesse? Raiponce croit
qu'elle a tout ce qu'il faut pour le vaincre. Toutefois,
il ne sera pas facile de cacher son identité pendant
toute la durée du tournoi, même si elle se déguise
en chevalier masqué. Et où trouvera-t-elle
un heaume assez grand pour cacher
son abondante chevelure?